心眼

杨潇／著

中国文联出版社

图书在版编目（CIP）数据

心眼 / 杨潇著. -- 北京：中国文联出版社，2018.9（2023.1 重印）

ISBN 978 - 7 - 5190 - 3841 - 0

Ⅰ. ①心… Ⅱ. ①杨… Ⅲ. ①杂文集—中国—当代 Ⅳ. ①I267.1

中国版本图书馆 CIP 数据核字（2018）第 178974 号

著　　者　杨　潇
责任编辑　王　萌
责任校对　赵海霞
装帧设计　中联华文

出版发行　中国文联出版社有限公司
地　　址　北京市朝阳区农展馆南里 10 号　　邮编　100125
电　　话　010 - 85923025（发行部）　85923091（总编室）
经　　销　全国新华书店等
印　　刷　三河市华东印刷有限公司

开　　本　880 毫米×1230 毫米　1/32
印　　张　7.5
字　　数　230 千字
版　　次　2023 年 1 月第 1 版第 2 次印刷
定　　价　75.00 元

目 录

郑鸣谦序
勿需心眼真诚入世

这夜静得动人。

午夜过后，大雨狂注，一霎间似乎淹没了世间的一切。有雨的夜晚适合阅读，然而匆忙让生活变得紧张，我们似乎连欣赏一朵夏花盛开的时间都没有，更别说用一个午后来消受几卷文字。“碎片化”几乎成了这个时代的通病，人与人之间虽同处一个朋友圈，却各自活成倔强的“孤岛”，哪怕是夫妻也兀自低头，沦为最熟悉的陌生人。我们似乎在作茧自缚，不想了解别人，也拒绝被人觊觎，一切都别有心眼。

翻毕杨潇兄的新著——《心眼》，这本没有心眼的书，窗台的灯依然孤独地亮着，瞥眼窗外，仍是一片漆黑。忽而想起潘越云的《浮生千山路》，这首没有心眼的歌，打开音乐，插上耳机，细细回味书中的情境。

……

春迟迟燕子天涯

草萋萋少年人老

水悠悠繁华已过了

人间咫尺千山路

……

人世间的距离近在咫尺，而心却隔着万水千山，生或死，悲或喜，一生就如同眨眼之间。在这关键大事上，杨潇兄看得淡然，也很通达。他说：“生命就是铆足了劲在‘来时自己哭，死时大家哭’的两个节点之间，只须前行，不遗余力。”譬如歌者，只需尽情传唱，或轻吟，或力竭，至于舞台和观众大多时候并不奢求。

我很羡慕书中的人物，他们大都是作者的至亲朋故，在生与死之间所发生的种种故事，是甜蜜，是幸福，是悲伤，或竟遗憾，都被收入笔端，缓缓道出。而笔调是沉着悲悯的，绝无轻佻嘲讽，是同体大悲之后的人饥己饥、人溺己溺的菩萨心肠。在卑微尘世中，有这样一位清醒于世又有着深心悲愿的挚友，自会减却几分无言的寂寞，猛增几分苟活的勇气。

三界唯心，心有所动，诸受生焉。“但凡是甜的东西最终都有害，但凡是苦的东西最终都有益。”杨潇兄说得似乎绝对，但在物欲横流的当下，却有警醒迷蒙之效。甜蜜容易让人沉溺，不思进取，而苦楚往往刺痛身心，使我们沉思痛之所在，反观人生的意义，然后鼓勇前行。

痛苦之源，不外乎身心。身体和心灵的疾病纠缠着我们一生，即便佛陀，当年也是因病而逝，彼所异于人者不外晓了诸行无常，坦然面对生死，不执于生，自然也不惧于死，在不舍昼夜的时间之流中，选择了与之偕逝。杨潇兄所举的两个相反的例子，足以让躺在病床上的芸芸众生得一刻释然。

史铁生有本集子叫《病隙碎笔》，是他生病时期写的随笔，我也曾将病隙的文字，结为《病闲书》。人生倏忽，然心中欲念未了，不免南北奔忙，唯有在病中才稍得闲暇。此时你高卧病床，如一叶孤舟凌于万顷之上，可作邀月观，可作听雨想，心之所向，无远弗届。美国帕特里克·亨利说：“不自由，毋宁死。”既得自由，虽为病闲，于意云何？

在《心眼》这本书中，我仿佛和每个篇章里的当事人都喝着酒，诉说着各自苦恼，权作下酒，咕噜咕噜地落入肠中，感受着人心无常，随事变迁。世味太深，我无法体味，生而为人，艰难且坚强。少时在外求学，大人嘱咐：在外要多个心眼儿。好像在家就不需要心眼儿似的。但我知道这话只是单纯寄托了大人的担心和惦念。

心眼，由心与眼组成。杨潇说做人要有心眼儿，要有好的心眼儿，这才是君子。君子当用心和眼来观看、认识这个世界。心和眼是工具，是自我满足的工具，而非达到某种名利的目的。拥有好的心眼儿，也就拥有了善良、热爱、乐观、坚强等等好的词汇。完美的人，或许不存在，但一个品格高尚的君子大有人在。做君子并非难事，但要心里有个三角形，若违背良心，那三角形便转动起来，刮着心脏的血肉。如若亏心事做多了，三角形被磨光滑了，心也就硬了，那就另当别论——看到杨潇这个比喻时，我会心一笑，思忖拥有好的心眼儿就是君子本人了，这君子也就是菩萨。人生于世，做一个拥有好心眼儿的人绝非易事，要耐得寂寞，举世皆醉我独醒，还要耐烦，耐得烦才能成大器。

鲁迅先生说：面具戴太久，就会长到脸上，再想揭下来，除非伤筋动骨扒皮。拥有好心眼儿，需一开始便舍弃虚假的面具，忘掉假面的言辞，以真诚的心来待人，用真心与世界交流。诸君以为然乎？

是为序，5月31日夜。

（作者系著名学者、诗人、博士，浙江天台人，著作十余种）

自序
这是一本关于君子的书

这是一个缺乏君子的时代；

这是一本认真谈君子的书。

我五岁那一年，心眼儿特多，用一个坏了的鸡蛋去换别人新鲜的黄瓜，那是个可以以物换物的时代，不料，被奶奶抓了个正着，她拿了好鸡蛋把人家追到，换回了坏鸡蛋，一口气追了两里多路。

奶奶撂下一句话：人得有心眼儿，但不能有坏心眼儿！

从那时起，我时常觉得那个坏鸡蛋就是自己，一直坏到心眼儿里，在以后的三十年里，每遇到一件事，遇到一个人，遇到一次卑鄙的或者善良的机遇，我总习惯性的一个人炒鸡蛋或者煮鸡蛋来吃。

就这样，一煮好多年。

突然有一天，朋友说，肚子里的东西都是肉长的，所以老祖宗造字都用了“月”字旁（月就是肉的意思），唯独“心”不带月字旁，我听到后，如石崩裂，汗出浃背。

自此，没有吃到一个坏蛋；

自此，觉得奶奶有真的智慧；

自此，心眼儿成了自己看世界的“眼”；

自此，懂得做好了自己，便是安慰了全世界。

也正是从那一刻起，我记录着每一次、每一个、每一种人间际遇，我想把它们换成滚烫的文字，用满满一整本书那么多的、滚烫的文字，熨烫这世上所有的冰冷。

这是一个君子诞生的时代；

这是一本没有心眼儿的书。

第一章　生

生，从来不是活着的意思。“生”里有世间万物、饮食男女、善果恶棍、坑蒙拐骗、乐观悲观、清醒麻木——几乎是一切你可以想到的东西。生，是“来时自己哭，死时大家哭”的两个节点之间的距离，这段距离每个人都不一样。

因此，对于“生”，我们真正需要观照的是，在这段距离上，到底准备怎么走？

一、生命

爷爷一生的成就，是把村里所有在那个时代跟他斗争的人都熬死了！

生命这个东西，小时候不想，大了着急，老了心慌，始终也没人能说明白，什么样的生命才是有意义的，大概各有各的标准，在比较了各种现实和文艺作品、聊透了各种人的经历遭遇之后，我做了一个总结：

生命是个什么东西和它的意义，这由两个方面构成，其一，心里想得到的铆足了劲得到了；其二，劲铆得足够足，足够足！这个结论在我爷爷身上展现得淋漓尽致。

生命一定是有温床的，这个温床不是老娘肚子里或者简单的家庭生活，而是“相处持久甚至终生的周边环境”，这个话我说得有点拗口，但不拗又表达不充分，随便想一个你身边的人，基本上都是将这一辈子固定在一个地方，相对稳定的人际关系，不怎么变化的思维模式，这个东西就是我说的“温床”。

爷爷这一辈子，个性鲜明，于是在特殊的历史背景下，在临沂的一个小村里和人斗了一辈子，有时输有时赢，有时雀跃有时沮丧，但很快又投入到斗争中去，红尘滚滚，我怀疑，在古代他一定是一位脊梁挺直的侠客，而奶奶就是跟侠客私奔的大小姐。

现实中，奶奶也真的是地主家的大小姐，温良达理，在记忆里，我也总觉得奶奶似乎更有智慧，话不多说、事不大管，用母亲的话说是“捏捏不粗、抻抻不长”；而爷爷更多的是总在折腾，总爱打抱不平，不屈不挠，时时茁壮，用母亲的话说是“跟盐没有腌倒似的”，一生最喜欢我。在自己村子和周边几个村子所构建的生命温床上，爷爷靠他们演绎出了“生命力”这个玩意儿。

爷爷的故事在那个年代和村里很普通，后来，我也能明白，村子这个温床毕竟不大，托不起多大的梦想和故事。但是，他一生的不可动摇的生命力，到今天已然让自己受用，他告诉我：“人活着，就得往前奔，腿折了，就用手爬。”这句话，我有时会觉得不是老头说的，更像“孔子”这类人物的口吻，读一遍都好似胸口被击中，震撼肺腑。直到他过世时，我才明白它影响我至深。

他熬死了村里和他斗的所有人，像泰山，屹立不倒，为之四顾，踌躇满志，人生圆满，有小怨，也有深怨，各种生活的过节叠加，最终其他人都先他而死去，他胜利了。

爷爷去世时是正月十六凌晨，从正月初八开始不吃饭，正月十二夜里，四叔打电话把正在外地处理公务的我喊回来，于是约定，让爷爷安然、平静地度过人生最后的时光，不要说爷爷的是是非非，不要哭哭啼啼。爷爷是个知识分子，是准大学生，因为在特殊年代说了一些“错”话而已，人生最后的时候是清醒的、是明了的，因此，更不要谈后事怎么办。我看过一些死亡征兆的材料，于是，在最后的时刻，我请求把爷爷的吊瓶、氧气瓶撤了。我想他这一生对生命是妥善交代的，那是他自己心里想要的做法，而且成功了，此时该让他放下，平静度过。

就这样，爷爷死得很安详。死是新的开始，四个儿子三个孙子围着，二堂弟一直搓着他的脚，我一直摸着他的手，手心是热的，先是停了一个手的脉搏，然后面部又慢慢地褪了血色……

父亲面色凝重地挥挥手，每个人的眼泪都在眼眶里打转。我告诉家人不要哭，不去打扰他灵魂的宁静，家人都没有哭，四叔开始诵经，诵读地藏王菩萨。事后，父母说，他们见过许多生命的逝去，但还是对我爷爷的安详离世有很大的触动。

“生事之以礼，死葬之以礼、祭之以礼”，爷爷也是体谅我们这帮上班的子孙，“头七、五七、百日”都是周末。在爷爷百日祭的时候，我哭了，眼泪止不住，主要是这个祭日之后，再往后就是“纪念”了。内心无比的虔诚和不舍，我用毛巾把摆祭品的石桌擦得干干净净，记得三十多年前，他拉着我去坟地，指着一个一个土堆说这个是二老爷爷，那个是三老爷爷，然后喝一口酒，动作很有力、很倔强。生命的体现，也许就是活着和繁衍，也许这就是所谓的传承。

生命为何物?《易经·象辞·乾卦》说“天行健，君子以自强不息”，生命就是铆足了劲在“来时自己哭，死时大家哭”的两个节点之间，只需前行，不遗余力。

二、生存

生存是谁也躲不过去的一个话题，爷爷在世的时候，有几次，我明显觉察到了他神情里和我提到生存时的艰难之色，虽然一纵即逝。

与我同龄的，和我一样的，小时候家里穷困的孩子多，上学东拼西凑缴学费的事情常有，但那时对“生存”的感觉还比较模糊，没有半点概念，都是父母在那犯难。

直到第一次去青岛，才有了真实“体验”，那是2002年7月，大学生暑期社会实践，我作为督队，和另外七个人，组成了四男四女“七元钱生存七天实践活动”，住在青岛火车站，活动在香港东路附近，七元钱过七天，吃饭是最大的坎儿，于是怎么赚到钱吃饱饭成了那七天最大的主题和挑战，作为有手有脚的我们最后都生存了下来，中间有趣的和无趣的事情不少，在我看来，最宝贵的是第一次尝到“面对生存”的滋味。

那次实践活动，竟然上了中央电视台，竟然被《齐鲁晚报》整篇连载，竟然有队友考上了中国传媒大学新闻专业博士（贾亮兄弟是山东建大工商管理专业本科），竟然促使我到了北京工作……

第二次去青岛，也是为了生存。那是冬天，我和王同学来青岛卖票——山东省大中专毕业生供需见面会的门票。栈桥的冰出奇的厚，三三两两的海鸥在低速的扇动着翅膀，看不出它们有被讴歌的勇敢，反而觉得像无奈的御寒。一个女孩，穿着大红色的羽绒服，从我们身旁掠过，忽地一下跳进了大海！说实话，我没敢跳下去救，一是怕冷、二是怕死。快速呼喊，一个冬泳的叔叔，把那个女孩拉了上来，却以为我是其男朋友，用浓重的胶东话骂了我一通。

后来又去过几次青岛，甚至在那里工作了一年，这些时光，说实话总是不顺利，心里也抵触的要命，总想逃离，就像“没有下顿饭吃，却害羞不敢同人说话兜售业务”。但是，我喜欢青岛人，当然除了他们身上像“香港人”一样自我优越的酸劲。因为，至少我不会忘记一个崔师姐、一个管同学，给过我很多帮助。崔师姐是一个有传奇故事的人，学房地产专业，在大学里却写了很多小说，最近，专门搞书社，那个管同学就是我们一起生存实践的——海边的青春、许下的诺言，曾经放置在模棱两可之间的男女情愫，都随风飘远……生存总是不容易。

我一位关系不错的兄弟，现在是成功企业家了，曾经他对我讲过自己的故事，刚毕业时去了一家私营小公司，工资低还不能按时发放，每个月除去租房等一些必要花费，基本一点儿钱不剩，曾经公司工资迟发了近两个月，他用仅剩的五块钱全都买成了馒头，愣是撑了一个星期，讲完这些，他感叹，生存真难！大概这样的例子比比皆是，甚至很多人都经历过。然而，生存应该是这样的吗？

外祖父的一生也许能给生存一个完美的解释，听母亲讲，小时候家里穷，一直到十岁的时候还穿着两岁半时候的夹袄子，而且从出生一直到两岁才下床，因为没有人照看、因为没有衣服穿。母亲说，外祖父耐心地端着碗，一口口地喂每一个孩子，不管是地瓜、树皮还是薄粥，三个儿子、四个女儿，没饿死一个，也没因为养不起而送人。就这样，熬过来了，所以在我“姥爷”这个支脉上我有10个表姐妹、8个表兄弟。

马斯洛把人的生存作为了最基础、最低级的需求（可参见其理论），生存说白了，就是要活着，要能喘着气面对下一秒的生活——这样的理解大概人人都能知晓，然而这样的生存未免充满了“苦味”，我们必须超脱，方得新生。

生存，给它一个更好的诠释应该是：如何去选择在生命里的状态。一开始我迷信过风水、八字，有过那样苦涩的生存状态，总觉得“命该如”，可随着阅历和思想的成熟，我发现自己只不过是个“瓜”而已，生存也只是个“瓜”而已，我给予这个瓜三层含义，能知晓，则生存便不再苦，生存可以该像花一样，美丽着、绽放着。

第一层含义，瓜从小到大，再到成熟，这是自然规律，小时多青涩味苦，只是不同的品种，或在不同的生长条件下，时间长短不一。

第二层含义，生命的动力会改变我们的生存状态，因此不要太固执于当下，可以跳脱，可以放弃，可以尝试新的状态，换个地方，换个人，换个工作，等等都是新方向的开始，记得有国内的维度研究说，三维的投影是二维（比如拿手电照人，人是三维，影子是二维），二维的形状由三维决定，同样的道理，四维的投影是三维，三维的状态由四维决定，人是三维的，改变的关键在四维，而四维的改变在每一个生命（如地点、人群、工作等）方向上。

发生改变的条件是生命的动力，人人如此，而生命动力的一个决定因素是“心之方向”，所谓穷则思变，“思”便是心的动作。对“瓜”而言，向光性、向水性、向肥性就是表现，方向对了，世界都对你微笑。

第三层含义，不可急迫，急迫类似拔苗助长，对“瓜”而言，便是从外界涂抹生长素（乙烯），样子熟了，味道却不真美，对社会有害。年轻时总急切的想成功，后来才明白，“慢”才是大智慧，慢了才静，才懂判断，才能动如脱兔，才能简约而不简单，才得善果（善果很重要）。

我不想颠覆生存的概念，毕竟人们约定俗成，但是很多人还在那条线上徘徊，就如我奶奶说过的“人得有心眼儿，但不能有坏心眼儿”。在时间这条线上，人往往不顺的时候多，在生存这条线上，人往往苦涩的时候多，《易经·象辞·否卦》说：“天地不交否。君子以俭德辟难，不可荣以禄。”“否”是最苦涩的边际，此时才是人生的转机，向智慧转，向君子转，向更长远的好处转。

三、生意

我们早晚都是商人，趁早不趁晚。

我的生意，应该追溯到刚上大学时候，从卖方便面和鲜花起步。后来，虽然在体制内工作，但从来没有离开过生意买卖。一直以来就不明白什么是生意，只知道，真的不是赚点钱那么简单。不然的话，刘兄弟、耿兄弟也不会和我越走越远。后来还是胖子的故事教会了我。

胖子最大的成功不是减肥四十斤，而是搞明白了“生意”为何物。

问问周边的人，甚至只需看一眼，不用问，大家都在谈生意，我们这几代人大概都会唯“生意”为人生大旨。这倒也没有问题，历史变迁，做好符合的角色就好，谁能抵抗得了洪流呢？其实真正有问题的是“意”这个字，胖子的经历做了最好的注脚。

胖子是我的一位朋友，比我还胖，从小就胖，甚至一直胖到他儿子身上，他大学毕业前就开始做生意，他说“我们早晚都是商人，趁早不趁晚”，于是先下手为强，贩卖袜子内裤、化妆品、电脑配件，竟然一路成了学校里的富翁。记得，我们最多借自行车骑的时候，他就买了一辆摩托车，头盔红得发亮，让人羡慕不已。

五年后，曾经各奔东西的我俩，在一个咖啡馆偶遇，他又胖了好多斤，可能是好久没怎么掏心掏肺地说话，遇到熟人，我们打开了话匣子，后来一起出去喝酒到半夜，那时，他处在人生最不得意的时刻，所做的生意几近崩溃。

他告诉我，上学时自己勤快，拿次品，做系统，搞分销，都说自己有心眼儿，赚了点钱，以为生意很简单，胆子就越来越大，毕业后也没有去找工作，按照老套路逐渐从学校转到社会，食品、建材、IT 都涉足过，把精力都放在做人情、搞回扣、钻空子上，甚至多数时候“空手套白狼”，一时春风得意，但很快胖子的生意快速萎缩，别人都不愿与其合作。

我们相遇时，他还摊上了官司，那时我可以判断胖子后来的生意多数是“坑蒙拐骗”，喝了酒，我也虚飘飘起来，也想到自己，对他说，生意可以重新做起来，但是自己这些年觉得需要坚持两个原则：

其一，做的任何生意都不要产生害人的结果（比如卖假食品、坑老年人）；

其二，做生意像谈恋爱，得奔着结婚过一辈子去，成一单生意，做一生伙伴。

后来，断断续续我们聊了很多，到现在也都已忘记，只记得在德州的那个小酒馆里，我们都起了变化。

再次见到胖子时，他已经不胖了，告诉我自己瘦了四十斤，惊叹之余，他又告诉我自己的公司已经在着手新三板上市，有将近 800 名员工，中间短短三年，虽时有联络，却未曾料及他的变化这么大。那天，他送了我一张特意请人写的“厚德载物”的书法作品，上边还题了我的名字。我半开玩笑地说：“你真是搞明白了‘生意’为何物！”

稍加留心，你就会发现，周边不少人喜欢“钻营”，我常说，“营生”这件事人人必须有，至于什么样的营生，要看自己的专长、专业、兴趣、追求，这是件无可厚非的事情，有的人通过上班实现，有的人通过做生意实现。

但是“钻”却不一样，钻营是挖空了心思，绞尽了脑汁，甚至突破了道德底线去“营生”，不该拿的钱拿了，不该去的场去了，不该骗的人骗了，不该干的事干了，即使得了眼前利益，终究却会害人害己，《大学》里也说“货悖而入者必悖而出”，来得不合道，自然去得更不合道。对于生意这件事，前人说“财上平如水，人中直似衡”，大商、强商、久商皆如此。

胖子曾说，我们早晚都是商人，趁早不趁晚，商，不过交换而已，人光溜溜来，最大的财富是“心”——意，在《说文解字》里做“心思”讲，生意，做的其实是“心思”的交换，因此生意是真心换真心，假心一场空。

见很多人在办公室挂“厚德载物”的书法，大概我认识的人里，也就胖子真的悟道了，生意就是物，越大的物，需要越大的德、越真的心来承载。《易经·象辞·坤卦》说：“地势坤，君子以厚德载物。”当做如是解，当做如是看，当做如是行。

四、生长

真正的生长没有不苦的、不痛的，生长是逆天而行的。

别的星球不知道，反正在地球上，几乎所有的生长，都是逆“万有引力”而存在，生长是一个抛物线的过程，从无到有，从低到高，从弱到强，而后再逐渐回缩，尘归尘，土归土，这是自然规律，这像极了人的一生。

十岁之前我家一直住的老院子，堂屋是土坯结构，院墙是泥土墙，三年级的时候，我在墙上挖了个小洞，种了一棵葫芦。从发芽到展叶、从出须到攀爬、从开花到结果，在炎热的夏季，叶子经常被阳光晒蔫了。后来，忍痛截掉了它后面的躯干，找来打吊瓶的整套工具，早晨、中午上学前各灌一瓶水，往墙上打点滴，就这样一直持续了四五个月，毛葫芦终于硬了、成熟了，尽管仅仅是一个平角的，不是亚葫芦，我也一直保存到今。在葫芦的整个生命周期，真的不敢抵触姐姐，因为一惹她，她就威胁要拔掉我的葫芦，这大概就是我童年经历过“逆生长”和“逆来顺受”最典型的案例了。

以前也略带武断地说过：“这个世界上，但凡是甜的东西最终都有害，但凡是苦的东西最终都有益，比如糖和药，比如溺爱和严管，比如看偶像剧和读书。”后来回头再想，竟然更加确切了当时的这个说法。

当我把这个理念和大毛说起时，她把头点得像小鸡啄米，后来黏了我一个下午，大毛其实是个温婉的女孩子，真的不像东北姑娘，倒是很像南方小镇的女子。大毛的经历有些不幸，父母早亡，是爷爷奶奶带大的，喜欢画画，在一家儿童培训机构工作，她之所以那么认同我的说法，大概与自身经历有关。

大毛在六岁时没了父母，一点仅有的模糊记忆告诉她，父母管教很严，甚至六岁之前没有吃过几块糖，爷爷奶奶疼她，她说一连吃了一年的糖，各种糖，结果牙都吃坏了，接着她就哭，爷爷奶奶没办法，就这么“荒诞”了几年，她成了“最差的孩子”，别的小朋友能认上百字时，她连名字还不会写，“大毛”这个绰号就是那时得的，翻译过来就是：毛病太大。

十岁那年，爷爷过世，奶奶腿脚不好，便想让大毛跟着另一个城市的舅舅生活，她不乐意，哭闹了三天，终于和奶奶达成了“相依为命”的共识，从那时起，家里的活开始自己干，最冷的冬天去外边搬煤块生炉子，跑十几里路去卖捡来的瓶子，替同学写作业“赚钱”……说来也奇怪，这样的苦日子，反而让奶奶和她自己的生活越来越顺利，成绩也一直名列前三，生活竟然有些“快乐”的味道了。大毛和我说了很多，有时也打电话或者通信，几年之后，她成了那个省的业务总负责人，那一年她26岁，是他们企业里最年轻的“省总”。

我问她：“经过了这些，从最差的小孩，最后努力成了一个‘好小孩’，一定觉得自豪吧？”大毛在电话那头“哈哈”笑起来，说：“我没有想去做个好小孩，只是那个时候爷爷走了之后，奶奶一个人，自己觉得她好孤单，总想能照顾她，因此不想奶奶因为自己生气或难过，也就‘向好处奔’，当战胜了一个又一个困难后，发现成长最大的是自己，你说‘但凡是甜的东西最终都有害，但凡是苦的东西最终都有益’时，我便觉得说中了自己心里最深刻的体验，立刻把你奉为大神了，哈哈。”

听完大毛的话，我不禁做了一个长达2个小时的总结思索，中间也给其他朋友打过电话，在写这些文字的时候，我选择了“生长”，而不是“成长”，这大概是大毛说她没有刻意要成为一个好小孩一样，一两重的真诚抵得过一吨重的聪明，像一棵小树，春绿夏荣，风来雨来都是它，哪怕被砍折了枝干，哪怕生在悬崖边，也会生，也会长。只要不停止，风雨是资粮。我给大毛写了一封信，里边提到三个原来——

第一个，原来孩子给予大人的安慰更多，大毛之于奶奶便是“生长来源”，她有个好心眼儿。

第二个，原来每一个痛苦的背后都隐藏着一把成长的钥匙，我们需要拿它去打开一把对应的锁，打开了便生长了，其实人这一辈子就是开锁的过程，开得越多结果越美好，这个过程“没有钥匙不行”，因此痛苦算什么！

第三个，原来生长像开花，破土时不要担心折断了枝干，抒叶时不要担心阳光灼伤了嫩叶，绽放时不要担心撑破了骨朵儿，这是规律，向上，总需要台阶和代价。

《易经·象辞·益卦》说："风雷益，君子以见善则迁，有过则改。"对于自己来讲，规律无法更改，能做的便是向好处，向光明处，向美丽处生长，生长本就是这么一回事。生长是逆天而行的，摆脱阻力，心向光明。

五、生性

生性善良、生性纯朴、生性暴躁、生性风流、生性多疑、生性淡泊、生性果敢、生性懦弱、生性温厚、生性狂妄、生性腼腆、生性安详、生性自私、生性豪放、生性幽默、生性木讷……

我们生下来，自然就带着某种特殊的性质，和肤色差不多，"江山易改本性难移"，一般会伴随终生，生性这个东西很有意思，如果能正确认知到自己的性质，那么在整个的一生中都将是一件处世的"利器"，如果能认识到其他人的，就具备了第一等谋事的智慧。千百年来，什么都变了，交通工具变了，通讯工具变了，吃的变了，穿的变了，就连高山、大河、空气都变了，唯一没变的就是"人性"。

"人性"和"任性、韧性"同音，每个人也有每个人的体会，一直以来，我时刻告诫自己"性格决定命运"，因此也从不"拿着无知当个性"，对于人生来讲，这就是"生性"。

生性，可以被使用，也会被利用。欢姨是正面的例子，阿李是反面的例子。两个人都在石家庄。

欢姨实际是男的，生性慢条斯理却超级仔细，最开始做营销工作，不到半年就被客户和同事双重“罢免”，做方案慢不说，还老是纠结于一些芝麻绿豆的小事；后来转做销售，更是一塌糊涂，一个月下来销量只能到其他业务员的零头，问原因，得到的答案“太像个没出阁的姑娘”，所以得了“欢姨”的雅号，他自己倒不以为意，依然如故，半年后因为业绩实在太差，被迫离开了原来的单位，听说此后换了好几份不同的工作，因为他超级仔细的性格，在出版公司做的时间最长，校对过的书籍几乎没错，可是效率奇低，最后也丢了饭碗，可欢姨还是一脸淡淡的欢喜，没觉得“失败”，大约两年之后，他一个没有学过幼教的大男孩成了一家大型幼教企业的优秀员工，还娶了那里最漂亮的姑娘。

欢姨约我去喝喜酒，在酒桌上，微醺的他拉着我的手说：“潇哥，如果早一点分析我的性格，找到这个最匹配的工作，说不定，我在全省都出名了，你这做领导的也该吸取我的经验教训，保障员工‘一开始就是对的’。”他的这句“一开始就是对的”让我思索良久，这个开始绝非简单的开始，而应该是沿着人性，发挥“生性特长”的开始，这恰恰与“压力越大，动力越大”的论调相忤，是啊，给一只鸡负重（压力）无论多少，它都不会飞上天做雄鹰，报晓和下蛋才是鸡的专长和价值。

阿李是我同事的表弟，曾经一起玩过一段时间，他最大的特征是“意气用事”，什么话都敢说，颇有点武侠小说里的侠客风范，现实中确实也着迷于武侠世界。接受欢姨的教训，我曾经给他提过一些建议，可是还没有实施便出事了。

阿李在一个建筑工地做小监理，其实那个项目有好几方利益团体在其中角逐，都希望对方有麻烦，自己便能获益，结果在一个午后，因为一点小摩擦，加上某些人利用了阿李的性格特征，导致出了严重的人伤事故，阿李背了黑锅。

人的一生，说到底就是自我认知的过程，把自己好的一面发挥出来，把自己不好的一面隐藏起来，这就是正确使用“生性”。人生下来不容易，安稳地长大更不容易，年龄越大越担心犯错误，因为很容易“一失足成千古恨”。每一种性格，既是优点，也是缺点，善加使用能够成就事业，恶意利用则会酿成灾祸，仔细想一想，每个人在人生中遇到的好事坏事，在事情之初就已经与“生性”相连，所谓因果不昧，实际是指的“生性”连接着因果。

想到欢姨和阿李，便能够自觉地反观自己和身边的其他朋友，时时提醒、省察，在每一个事情开始之前，与事相关的人，自己都要好好分析、匹配，了解并使用人性，便是临事时最大的智慧，也是解决问题最正确的选择。我们生而为人，就要面对各种生活状况，就要不断成长调整，就要随时保证做出最正确的决断。“人性本真”，我们应该用真诚去面对一切、感化一切，但是，生活中太多的人忘了“本”，所以，也就未必是真的了。《易经·象辞·讼卦》曾说：“天与水违行，讼；君子以作事谋始。”在我看来，作事始谋者，非谋事也，当谋性也，不做“相违”的事，不做与生性特点相违离的事，如此，生性皆是好性格！

六、生气

人活在世上，生气这件事值当吗？

医学统计说，大部分癌症都和生气有关，祖宗曾说“人活一口气”，天底下最好的和最坏的两种东西都和气有关，很神秘，只有中国人提出了“气”的概念。

生气这个话题涉及面非常广，几乎能伴随人的一生，人死了叫“咽气”，如果在活着的时候发生了一件不能平复的事情，叫“咽不下这口气”，你看，要想活着，就无法咽下气去，但咽不下去，时间久了就会得病（甚至癌症）。

生气往往都是因为别人，却很少因为自己，这源于人容易原谅自己、却很少宽容别人。人生气的时候，身体是不舒服的，大脑获取生气的信息、心脏承受生气的后果，发生的是“事”，结果是“气”，而且，事是具象的、气是无形的，具体是什么原理，为什么关联在一起，至少我到现在也没有弄明白。

小小的父亲有一个小厂子，生产饼干类的食品，爱生气，常常因为一点小事情就发火，比如工人扫了垃圾没来得及倒掉等等，在三年前的立春那天，因为一个客户催款的事情大发雷霆，一下病倒了，医院检查，肝癌晚期，我见到小小的时候，是在三个月后，那时她父亲已经过世，我一时竟不知怎么安慰，我们沉默了很久，小小说了一句："生那么大气，值得吗？"

人们常说，"生气是拿别人的错误惩罚自己"，生别人的气是对自己最大的惩罚，知道道理的多，做得到的少，该生气还是生气。小小这句话倒是一个法门，时常自问，值当吗？我在这里专门要写一写生气这件事，也是想为生命这个过程揭示一点愉快的法门。

最大的一个法门是"宽容"，有些高僧也写过这样的专著，宽容不是一个持久的状态，而是由很多具体的事提炼出的智慧，生死之外，都是小事，在我看来，生死也不过是小事，前提条件是，每一个当下都是发自内心的愉悦，觉得都值得！这句话几个关键词：当下、内心、愉悦、值得，对待每一件事，都可以按照这个顺序，一一检验，若不符合，便不要去做了，要不然你很容易生气，自招恶果。

小小的父亲家住烟台，一个美丽的沿海城市，环境优美，空气清新，对于像我这样久处内地的人来说，到了那里就会觉得心情舒畅，却不曾想她会如处雾霾之中，喘息间伤害自己。做人要宽容——作为一位活了60余年的老人一定也懂得这个道理，然而却没有转化为智慧和方法，比如，第一次看到工人没有倒垃圾生过气之后，最应该做的或许是反思自己，等真想通了这件小事，下次再看到，或许就不会生同样的气了，以此类推，逐渐面对其他事情，宽容的本事就会提升，解决问题的手段也会提升，自己在这个过程中便不容易生气，一举三得。

我曾经按照这个方法训练了一些时日，效果显著，比如，有一次，与合作伙伴约定签署协议，结果那天高速上堵车，对方晚了三个多小时，在约定的时间之前，对方给我打电话，一个劲地道歉（当时我是甲方），我回复他两点：第一千万不要着急，在高速上谨慎驾驶即可；第二我能理解这个意外，不会生这种气的，不用担心协议的事情。

就这样，在这三个小时里，我看完了一本新书，喝了一壶好茶，等对方到达，又顺利达成合作，而且因为这个小插曲，对方对我的印象又好了几分，后期证明，双方合作非常愉快，你看，这是多么好的一个结局啊。

假如，我没有那样做，而是发火生气了，甚至直接在电话里取消合作呢？结果可能是：少看了一本书（知识少了），少享受了一壶好茶，心情坏半天，对方在高速上很郁闷（可能还会因此出车祸），彼此少了愉快的合作以及影响项目进度，少了新的朋友关系，还有可能在其他场合说彼此的坏话……可见，宽容这个法门，是多么有价值，抵消掉坏的，引发出好的，和合共生，得到美好。回想青春懵懂的岁月，如果不是“生气”，我们一起走过的朋友们，是不是会更多一些风花雪月，是不是会更多一些哥们义气?

《易经·象辞·师卦》里提到：“地中有水，师。君子以容民畜众。”对于这句话的深层理解，可以借用《道德经》的一句话“受国之垢是为社稷主，受国不祥是为天下王”，也就是一个人能够承担容纳的东西越多，那么其成就也会越大，君子容民畜众，这是达到了“君子”的宽容度，才能收到容民畜众的成果。我们真应该努力做君子，即使做不到，少生气，健健康康也是好的，生命本来让人享有其快乐和绚烂，而非自作苦闷。

七、生动

90% 以上的人不知道自己的爱好，所以生命不生动。

问过很多人，你有什么爱好？附加条件是，这个爱好是：当你抛开了一切，愿意花时间、花精力、花钱去做的事情，并且在做的过程中可以体验到比较高级的、独有的快乐。最后我发现，首先，几乎没人想过这样的问题；其次，只有极少的人能够准确知道自己的爱好。那么，爱好重要吗？

当然重要，且是人生历程的重中之重，地位可以超过你媳妇（或者丈夫），因为生命需要生动起来，不能如一潭死水或一块铁板，生动了则柔软，柔软了则鲜活，鲜活了则愉悦有滋味，这才是人该有的生活状态，否则，不如一只宠物狗。

在说生动之前，我先说一下我们作为人，被降生下来之后的生命背景，社会是由人构成的，人在长期的社会生活中，无论是出于规律、习俗、统治、愚蒙或者其他，形成了一整套极其复杂的机制，这套机制的作用，就是让每一个个体按照“这套”机制的要求活成“社会标配”的样子，比如你要什么时候入学，什么时候结婚，什么时候买房，什么时候买车，什么时候生孩子，什么时候要二胎……

结果就是，入得彀中，则一生机械性地一个一个“目标”去完成，直到躺进棺材（哦，对了，还真躺不进棺材，因为按照当今的规则，只能火化，装进骨灰盒，墓地也得按规则去买），我这样描述，只是想说明，在这种大的洪流中，人们随大流，便很快没了个性，没了活力，硬邦邦，脆生生。

我问大杨，你们刚结婚，两个人有没有什么爱好，然后我把爱好的定义说了一下，这个在微软工作了很多年的老朋友，晚婚还没育，正和老婆处在蜜月期，看我慎重的样子，也便认真思索起来，第二天他告诉我，自己考虑过了，也问过媳妇了，答案是：真没想出自己到底有什么爱好，好像除了上班、睡觉、吃饭、逛街就没什么了。

我对他说，抓紧时间培养一个吧，这个很重要，甚至在将来对你们夫妻之间的感情都会起到极大的帮助作用，整个人也会因为这点爱好变得柔软起来，同时还会逐渐形成一个有深刻基础的社会人脉圈……好处很多，刻不容缓。

与大杨相反的是小杨，他年龄小，现在才25岁，但是小杨有独立精神和作为，自己喜欢画漫画，曾经为此跑遍了全国到各地去拜访漫画家，大学毕业后也没有从事所学专业，而是一门心思做起漫画“事业”，他不像别人，到景区什么地方给人画肖像，而是直接寻找能创造创意的机会，那段日子他过得很苦，没有收入，我还时常接济他，他做得第一件出乎预料的事情是，为通过一次偶然机会认识的服装设计师画作品漫画，他独创性地用了“写意”方式，大获成功（他为了得到机会没有要作品费用），随即，通过这次成功，一下签了五个合作意向，包含出版、产品、展览等，小杨喜爱漫画，且独守原则，方向对了，其他就都对了，上次见到他，浑身散发生动的气息，很多同龄人已死气沉沉。

可能他们未来的路都还很远，大杨有了爱好是调剂生活，小杨是融合了事业，唯一可以共同拥有的是，让生命生动起来，生动了，才像活着，才真真切切感受到生命的味道。

我也是从认识广夫人和高三适先生之后，才觉得过去的生活有些糊涂。广夫人潜心禅茶，遵循匠人精神去感悟茶道、品味生活，并作为一生的事业，像风一样，为了追寻好茶，时不时来一次说走就走的旅行，在远方、在路上体会生命的生动。三适先生是一位文人，多才多艺，自我注解“写字、画画、作诗、品茶、看美人”，自由自在，寻求生命本真，我每一次的交往，内心都会沉淀许多。从他们身上，越来越明白“人生其实是自己的旅程”，他们都该做最好的自己。其实，很多人很多时候，因为生活、生存，说白了就是为了利益，而改变了自我初衷。其实，人生一切事情都是自己的事情，做好自己，生命自然生动。很多时候，我们迷失了自己，想着依赖于团队、依赖于兄弟、依赖于别人，可是，别人懂你吗？大部分的人生往往只可分享成果，很少有人站在你的角度去全力以赴，去全心替你着想。更多时候，我们的人生像挤公交：车上的，都不希望再挤上人；车下的，都想着正好快点赶上。做好自己，生命自然生动。

《易经·象辞·大过卦》说：“泽灭木，大过，君子以独立不惧，遁世无闷。”“独立不惧”，是坚实的自信，“遁世无闷”，是内心拥有的愉悦，无需靠外界支撑，这大概是一种“自觉”的状态，我们都该生动起来，无论高低贵贱，一爱便得，一好即有。

八、重生

人会出生两次，第一次是妈生的，第二次是自己重生的。中国人喜欢凤凰，总说龙凤呈祥，龙是指我们是龙的传人，唯一能重生的鸟却只有凤凰，两者遇到一起才完满，才吉祥。人们这样说，却没想过为什么要重生？

妈生的那一次，主要价值是开始了肉体的生命，重生的那一次，是精神觉醒的生命，妈生的那一次，是用眼睛观察认知这个世界的开始，因此圣贤提出“格物致知修身齐家治国平天下”，格物就是用眼睛（包含身体等其他）认知世界；重生的那一次，是用“心”完成自我的开始，所以王阳明“心学”一出，诞生了好几位践行的圣贤。

第一次是睁开肉眼，第二次是打开心眼。心眼的方法论就是“心眼儿”，我奶奶说过，“人得有心眼儿，但不能有坏心眼儿！”便是正确的方法论！

前边这几句话说起来有些玄妙，若暂时不理解，放下便是。我们说一个简单的小故事，来看一下“重生”发生在身边人身上的效果：

2011 年的春天，我在苏州碰到一位高人，是一位老大哥介绍认识的，初次见面，温文尔雅，个子不高却有一番凛然气概，说实话还真有点李白“谪仙人”的感觉，老大哥提前告诉我，这位朋友有学问、有能量，还一直偷偷做慈善，前边的“二有”不难见到，后边这个偷偷做慈善确实很难得，顿生好感，这位被称为“陆先生”的人物，专门为文化圈的人做顾问工作，有时为他们写写评论文章，言谈间很受在座人的尊重，因为人多不便说太多话，便记了各自的电话，我再到苏州时，便单独与他会面。

这位陆先生，几乎可以用学富五车来形容，面容清秀，也就四十出头的样子，本来这次会面愉快而完满，却在吃饭时出了麻烦，因为我那次到苏州是初夏，衣服已穿得很少，在举箸夹菜间看到了他胳膊上的文身，文身在今天已很流行，很多年轻人喜欢，但陆先生的年龄和学养，按照常理一定不是这种情况，他看出了我的疑问，便也不隐瞒，与我说出了过去的事情。

原来陆先生出身家境不好，初中毕业就跟着一帮大混混做小混混了，文了身，吊儿郎当了五六年，家里也管不了，甚至好几个月连人都见不着，他告诉我那段时间干了不少作恶的事情，乡亲们也是又厌又惧，曾经自己还很得意。20 岁那一年的一件事彻底扭转了乾坤，才有了今天的他，那一年秋天，他们去抢一个小店，进去就砸，店里有一对母子，主要卖一些生活用品，其实也没多少钱，加上泄愤，他们便砸得更凶，可就在这个时候，他发现那个女人用身体护着儿子，儿子用身体护着一个小架子，他冲过去，要看看是不是藏了好东西，等到他拉扯开母子俩，却发现是满架的书，干干净净、整整齐齐，在那一刻，他一下子愣住了，难道还有比钱还宝贵的东西？！他抽出一本，女人怀里的男孩用愤怒和乞求的眼神和他对视，说：“求你，别撕我的书……”

还好，我们就此停下了手——他感叹，之后他想了三天，时常出现那个女人和孩子的动作及眼神，还有那一架整齐干净的书，他们甚至在发着光芒。

三天后他决定从良，开始重新上学读书，一口气读了两个博士，之后又开始教育其他人，每年偷偷给贫穷的孩子捐钱，资助过上百名孩子读完大学，重生后的生命才是真的人生——这是他送给我一句话，也是他一生的经历总结。

直到今天，我还觉得陆先生的故事像电影里的，他也时常与我联络，说起这件事总还是满满的歉意，真是谦谦君子的模样。其实在我国的历史上，这样的例子也有不少，我一直把陆先生的故事当作最好的恩赐，它启迪自己，也该有“重生”，摆脱那个愚昧、浑浑噩噩生活里的自己，虽然我也知道大部分人都是这样，但总该去努力改变。

重生后的人生才是真的人生，每个人的重生都不一样，不可能人人都先去做坏人，再寻求机遇突然醒悟升华，佛教里的禅宗还分“南顿北渐”两个法门，大概在世俗生活中，因为一次恋爱，一次创业，一次死里逃生，一次意外都可以获得“重生”的阈值临界点。

重生就是对人性、对生活、对生命的觉醒，自此，神游八极，可以长保喜悦，可以永得活力，可以时时处处看到世界的美好，可以不虚荣，可以悲悯世人，可以不忧虑未来，可以透彻每一件事情，可以纯粹地活着，可以不被金钱左右志向，可以清楚地看到自己的心，可以为周边的人增加一些美好。

在我看来，每个生命中，都该有这么一次重生，生命才可得完整。《易经·象辞·泰卦》讲：“天地交，泰。后以财成天地之道，辅相天地之宜，以左右民。”泰卦一直被认为是极好的卦，大概也只有觉醒的生命才可以配得上这样的作为，“财成天地之道”（注，财成是裁成之意），即我前边提到的那些个“可以”。

国人喜欢“生生不息”，就连春节挂对联都喜欢“连年有余”，连年有余即是生生不息的一种表现，生生不息靠繁衍，更靠每个个体生命的升华，一个“生”字，苦多，还是欢愉多，大概我已打开了一扇门，在“来时自己哭，死时大家哭”的两节点之间，一颗心凭你安排！

第二章　老

不是年龄大了才叫老，有时年龄大的还“更壮”，时间这个东西所跑的快慢，绝对不与时间成正比，往往跟“心”成特殊比例关系。

随便说两个例子即可管中窥豹，先说一个人人都会遇到的事例，同样是一分钟，如果是在着急赶火车时就会特别快，如果是在尿急等厕所时就会特别慢；再说一个需要对比观察的例子，同一年出生的人，往往在毕业工作后不几年，“看上去”就会有了年龄差距，我就遇到过一个看上去和实际年龄差 20 岁的人。

上边这两个例子，如果认真思考一分钟“为什么”，你就会发现，我们人类的“心”有着不可捉摸的作用和神奇；佛家把老归为人生的八苦之一，大概是生命不可逆这件事，会在人们心里所造成无法克制的忧惧之苦，老意味着逝去。

当然，老几乎体现在我们这个有形世界的各个地方，从正面看，是规律，是趋势，是宿命；如果反过来，追究到心的深处，老，又会是什么呢？我发现，老是我们每个人摘的生命果，心是因，老是果。果苦了、甜了，跟时间无关，由心决定。因此，老恰恰是开启我们“正知正念”的钥匙。

一、老师

我们必然做着学生，我们当然也是老师！

我三代以内直系亲属里，大部分人都是老师。目前最出色的，为我们家族及关联亲属的“教育”做出最大贡献的，也是我辈能够“上大学”的直接引路人，就是我四叔，我们平时都喊他“小叔”，东北话叫“老叔”。虽然“老师”的老，不是通常意义上说的“老去”的老，然而，这个“老”却是最接近于我所说的跟“心”成特殊比例关系的“老”，因此我特意把它摆在第一位。

抛开家人的特殊感情，单论老师，老师是个工具，传道授业解惑，老师也有好有坏，每一个学生都有自己的判断标准，我的标准是：老师是人，有七情六欲，能得善果是第一要义。我们这一生都在相互做学生，相互做老师。

我高考的第一志愿就是师范，想当老师，却没被“临沂师范学院数学系（临沂大学前身）”录取。现在看来很庆幸。

回忆自己的学路历程，从村里小学、乡上初中、县城高中、省府大学，我们那一代正常16年的上学路，我走了20年。而且，每一个阶段留级一年，分别上了两次三年级，两次初三、两次高三，大专三年，接着读了两年本科，都说“三生万物”，无论从正反两面，好像都在我的身上应验了。接着，2005年到北京就业，2008年到天津项目，2011年伊始彻底进入总部机关，2014年回山东创业，2017年总结写这本书……回想每一次的变化，我都会想起老师，也很想找个机会一一去看看教过我的老师。

不用翻看过去的日记和作文，一位位老师的影子便能浮现在我眼前，丁老师、王成果老师、张涛老师、张沂峰老师、孙成洲老师、庞雪飞老师、郝伟老师……内心充斥着感受和感恩！鉴于故事太多，我只说说开头和结尾的两位吧。

首先，说说我的启蒙老师丁老师，从小学一年级到三年级，一直都是丁老师教我，开始的时候，我的成绩一直很好，姐姐是少先队大队长，我是中队长。大概是快升四年级的时候，父亲去南乡做生意，我的成绩也就滑了下来。期末考试倒数第八名，计划七个留级生。那时我的年龄最小，村主任的儿子倒数第一，不能留级。因为这两个原因，丁老师亲自找到父亲说“孩子还小，打牢基础吧”，就这样，我挨了一顿揍（真的是用皮带抽），留了级。

自此，这不公平的概念，深深烙在我心里，于是，本来是一直敬爱的丁老师，心底却总有恨意，这种情绪，持续了很多年。直到2008年春节在城里的一个街道上又遇见了丁老师。当时，他没有认出我来，我挡在丁老师的自行车前，他一愣，我赶紧介绍自己。看见他一副苍老、憔悴的面容，佝偻着腰，有一种想流泪的感觉。匆匆一别，又是十年，当年的恨意也云烟四散，也理解了丁老师的“迫不得已”，也反省了自己“落后挨打”的事实。一日为师，一生感情！

在我人生成长的每一步都有恩人，但最让我感恩的除了父母之外，紧接着就是张玲老师，我的大学老师。大学五年，“社团结缘”“沂蒙情维系”了很多老师、同学和朋友，也有很多老师指导我成长、关爱我生活、资助我学费，但是，唯一为我流过泪的只有张玲老师。

那是我专升本的时候，数学考得很差（其实后来我知道有关系的人拿到了试题），去团委找她的时候，她哭着说可能没戏了！我嘴上硬气地说：“我已准备好去天元集团上班了。”接着，她去日本访问，我到天元207项目部，换了电话号码，打算在临沂度过一生。后来，她为我争取了一个特批名额，给我交了学费，寄了录取通知书（实际上团总支某书记压根就没给我寄），开学两个多月，张老师终于通过李峰老师（另一位推荐我到北京就业的恩师）联系了天元二公司王磊书记、张在泉项目经理，我才得以在2003年11月26日报到，才得以“初始学历本科”，才有资格到北京就业！

庆幸自己没有做老师是因为：

一则，我怕自己“误人子弟”，迫不得已地去做一些事情，而这些事情会伤害某个孩子很多年。这些年，关于教育和老师的负面新闻不少，那个群体也越来越不受人尊敬，不过是个工具而已，可能很快随着科技的进步，人的知识可以通过电脑输入的方法获得，彼时，只是工具作用的老师将都下岗。

老师不该是那样的，“传道授业解惑”的那个人，也必然是身体力行的，老师，是标志和范本，这样学生才能照着做。

二则，我怕自己“选错行当”，老师是教育这个大系统最基本的、也是最重要的组成部分，我曾经说过，万事万物与自己接触，都是在相互“教育”，看到美的东西，我们便美一些，看到恶的东西，我们便恶一些，教育，最终是“影响”，老师的“老”是成熟之意，成熟即意味着透彻了教育的本质，人生的本质。这一点，我可能做不到。

在很多岁月里，我曾想起当年，与一些“好老师”的对比，在我心中，那些“伪师们”砸碎了所有“冠冕堂皇”的外表，对我而言，没当成老师便感到庆幸了，便是告诫自己也要“果行”了。当然，一生感恩的情怀，在我心中也留下了永恒不变的情诗——

建大一学子，挥泪自兹去；
细数五春秋，不悔来时路；
良师同再造，净友如手足；
枯木喜逢春，顽石雕璞玉；
心系雪山志，情满映雪湖；
男儿志四方，感恩多反哺。

《易经·象辞·蒙卦》说：“山下出泉，蒙。君子以果行育德。”极其多数的人，“只会说，做不到”，所以，相反，善行善果者成为新老师的概念。我们都是学生，我们也都是老师，我渴望自己成熟，期望遇到的人也成熟，那么，彼此都得成长、大发展、不虚妄、得善果。

二、老套

对人来说，最大的壁垒是“习气”，难以根除；最大的“乱套”是老套遇到新套。

习气是什么？习气是在个体成长、接触、经验、舒服等过程中积累形成的习惯、成见、本能。举个很容易理解的例子，人人都说的官场习气，几千年的官场，从初入仕途的小鲜肉，逐渐接触一些人和事情，犯错误练经验，逐渐掌握了在那个环境和体系中活得舒服的方法，结论是自己成长了，久而久之，在里边的人，互相“学习教育”，形成了典型的说话、办事、行为规则，这个规则深入骨髓，到哪都“自然流露”，旁人见到时，便能觉出“习气”。大而化之，在各个行业、领域、时期、人种中都是这么个规律。

习气之于群体生活比较严重的可能就是“山东规矩”了，尽管我也墨守着这个“老套”，尽管这种“制式标准”有推向全国的趋势。比如家里来了客人，妇女儿童不让上桌，这就是严重的坏习气；比如父子争吵得不可开交，非得叫舅舅来处理，说是“娘亲舅大”；尤其是招待饭桌上的座次最为讲究，主陪、副陪、三陪、四陪等级严格、层次分明，“主陪靠的是威望，副陪靠的是酒量，三陪四陪要有色相”，而且敬酒的程序是不能乱的，基本一套程序下来，能坚持和清醒的客人已经不多了，还有就是夹菜，不管客人的口味喜好，一个劲儿的夹菜，要保持客人的盘子是满的。

习气之于个人发展最大的负面表现也是“老套”，然而很多人会把它当作“经验”，有个词叫日新月异，世界每一秒都在快速发展，固守经验在目前来看，已经是一个“劣势”，我有个很好的小兄弟“苹果”，为人真诚，满眼的天真无邪，而且勤奋好学，注意与时俱进，但是在他婚后不久却出了个大问题。按我们这个年纪的人看来，其实没有什么问题，但问题就出在“老套”的习气上，进而形成误会，带来心中芥蒂。

事情是这样的，苹果的老丈人采取“封建家长制”，时不时的会开家长会，评辩对错，指点江山，其实这事挺不错的，只是在一件事情上出了错误，有一次“开会”期间，老丈人说苹果的一件事情，大体是批评的口气，于是苹果真诚地注视老丈人的眼睛，悉听教诲，结果老丈人因为他看自己眼睛这件事，“错上加错”，最后竟至于双方产生了深刻的矛盾，我说深刻是指，自此后，苹果心里不再有尊敬之意，生起的全是厌烦，厌烦在如此现代的社会，还有这种迂腐的封建思维。

今天，从幼儿园就开始教育 在与人交谈时，四目对视是对彼此的尊重，苹果照做了，满眼诚恳，结果挨了批，什么原因呢？其实原因也很简单，在我们传统的观念里边，长辈耳提面命时，无论好事坏事，都得做“低头认”般的样貌，这个可以在《礼记》之类的书里找到根据，他老丈人从小就形成了这样的认知，也没有随时代而变化，觉得他敢直视自己，简直“忤逆不敬”，于是老套遇到新套，结果只能是“乱套”！

在这件事上，我倒是站在苹果这一边，时间不可逆，历史上几乎所有的“复古思潮”都成了笑柄，一个人不懂得与时俱进，势必会被淘汰，小则挨骂，大则亡国。

老套，便是盲目固守，固守的时间久了，便不再思考，便成了习气，还理直气壮、拿来当金科玉律，也就是自己的“三观”，拿刚才的例子来说，孔夫子崇尚“礼”，但是还有“入太庙每事问”的故事，而不是固守自己已知的，孔夫子明白世界都在变化的道理，因地因时因事，都应该权宜相待。

在《易经·象辞·大畜卦》里的记载颇值得玩味，里边说：“天在山中，大畜。君子以多识前言往行，以畜其德。”多识，不是多知，识是辨识，以前的这些不论是记载、还是经验，都应该懂得辨识，而后才能修养自己的品德，品德好了，起码不犯错误，甚至能建功立业。

最近一次遇到苹果是在海口，风暖天清，问他近来如何，他答了我两句话：

第一句，自己努力不成为一个老套的人；

第二句，谁能在心里真正放下、看破才是关键，否则还是老套。我称他为哲学家，他说这样好回家，我们总要“适应”了之后才会有相安无事的生活，我听后，真觉得高深莫测，合情合理。

三、老狗

我家曾经有一只叫“来来”的老狗，如来的来，也是自来的来。大概是1987年，记不得具体日子，父亲在门脸房收留它几天之后，就带到家里，刚到我家的时候就是一只老狗了，母亲习惯叫它“大黄”。

年龄越大，越容易喜欢老的东西，哪怕是个老收音机，也会像有生命一样对待，如果丢失了，绝不是简单的“财物损失”，而会像亲人离散。人是感情动物，有一位特别爱狗的朋友一直坚持不养狗，他说，狗的寿命比人短很多，他害怕生死离别的感觉，我也是。

来来这只老狗在我的记忆里，不是什么名犬，就是普通的乡下土狗，我也没有朋友那样多愁善感，它来到我家的日子和离开我的具体日子都已经模糊了，只记得：

到饭点的时候它会跑出来“喊我”；

与别人家孩子打架时，它会跃跃欲试地帮忙；

放学归来时它常蹲在大门口等候；

夜晚一个人在家，它会形影不离，给我壮胆；

冬天最冷时给它“送饭”会亲热我，忘记了送饭也没改变过亲热我；

来陌生人它总是叫个不停；

有次丢了书包还是它叼了回家；

有次为了抓到我追逐的野兔，一口气跑了足足十公里；

……

老狗来来命运多舛，1991年被“打狗队”用枪打死后复活，1993年又被“毒药”毒死。“打狗队”是管理区成立的，见到谁家养狗，就用土枪（装有炸药、砂子、钢珠）瞄准头打死，然后拉到大队部去烀着吃，吃不了的就卖给小饭店。那时候，好长一段时间，我上学时就把来来锁在堂屋里，放学时就偷偷摸摸牵出来放风，很多小伙伴也是这样。来来很通人性，在堂屋的时候从来不拉不尿。后来，风声小了，为了让来来相对自由，就把它拴在了厢房。不巧的是，那天中午我还没放学，“打狗队”队长、管理区樊书记带着村主任、“两委”成员临时突击，来来的脑袋被炸破了三分之一。

太奶奶说，狗有回头命，闻一闻土味就能复活，所以我捧土祈祷来来回头，结果来来在三天后复活了，被打破的脑袋溃烂、化脓、修复，熬了好几个月；来来康复之后，似乎更有了灵性，也更踏实和忠诚。终于，因为全力以赴地守护鱼塘，在1993年的夏天，它被偷鱼的人毒死了，我哭了好几次。

大概，每一个养过狗的人都会有差不多的经历，来来跟我的时间足够长，长到让我觉得成语“别无长物”的长物应该具有它的品质才能够叫“长物”，而不是简单的值钱，值钱容易做到，难以用钱衡量，却难以做到，来来的一生，让我明白了这个道理，所以自己逐渐成为一个“不役于物”的人。

到现在，自己已经买过好几辆汽车，我们这个社会，有太多人把车当“爹”供着，特别是新车，一小点划痕能心疼到睡不着觉，但“车”却睡得很好。爱惜物品是个好习惯，但因爱惜而有损身心则是最不明智的做法，我曾说过好多次身边视车如命的朋友，告诫他们：车是为人服务的，人却不是用来伺候车的！

一言以概之，我们得明白什么是“长物”，莫把工具当目的，更莫把工具当生命。显然，来来这条老狗不是工具，它在我的生命里，更像老师，第一层原因我在前边已经说过，让我明白了“长物”的意思，还有一层原因是让我明白了一个哲学道理，也是我为什么说来来是如来的来，如来这个词，有一个佛家的解释：无所从来，亦无所去！

这句话其实一点都不好理解，最初读到的时候一点都不懂，用白话翻译，相当于说，来无踪去无影，但是它还在那里。可是等来来死了很多年以后，我却恍然一震，这条老狗不就是这样吗？它因缘际会地来了又走了，没带走什么，你的脑子里却什么都有，不禁感叹，我们生命里的每一个过往都是如此，刚来时新鲜、年轻，逐渐老去、失去，甚至我们的生命也是如此，那么，既然如此，这个过程就是“需要”的，如果缺失了，便何以支撑？人生不就塌陷了吗？既然如此，我们彼此也不必有“老去”的悲伤……

我睁开眼，老狗成佛。

我曾经狠狠地打过一次来来，之所以记得清，是因为只打过它那一次，它咬坏了一个女孩的发卡，来来被我打得走路都有点瘸了，满眼哀悯和恐惧，但没有看到愤怒，它更爱惜我，更把这个家庭当作“相依为命”的一切，所以，我也是它的“长物”，而非工具。有朋友反诘于我，狗值得珍惜是长物，为什么车不必太在意？我说原因很简单，狗会长大、狗会喘气、狗懂得相依为命！与人更加双向互动，层次比汽车高，你需要汽车，汽车不见得需要你！这就是为什么一块玉传上千年，熬死多少代主人，却依然“生命力旺盛不衰”。

彼此需要才会在心里促进成长，才成长物，可见如来。《易经·象辞·需卦》说：“云上于天，需。君子以饮食宴乐。”虽然这里说的是饮食，我们却可以拿来大而化之，去明白怎样理解身心以外的“物”，长物、短物、死物、非物，我不点破，老狗来来开启了我的答案，或许你有只小猫叫“去去”呢！

四、老爹

老爹突然病倒了，我扔下一切飞奔回去，和姐姐分工照顾了两周，陪了十几夜的床，发现男人也是水做的。

所有的父亲在孩子眼里都曾经伟岸，甚至无所不能，自从自己做了父亲以后，才逐渐了解，这个无所不能是多么艰难，男人才更应该像水，需要热的时候变蒸气，需要坚强的时候变冰块，需要温柔的时候变温泉。

老爹的一生也该算是起起伏伏，小有文化，经过动乱，见过世面，学过手艺，做过买卖，出过苦力，但终归在那个村子里度过了人生的多半时光。作为家里的老大，主持过几件“大事”，比如太奶奶、奶奶的葬礼，比如三叔、四叔的婚礼。

老爹的一生不容易，小时候因为家庭成分不好，考不了学、当不了兵，于是跟着太奶奶学做豆腐、卖豆腐。后来学了理发，招工进了造纸厂，虽然一个人挣四口人花，家里还是比较殷实。再后来通货膨胀，城里人讲排场应酬大，家在农村有嗷嗷待哺的娃，于是下定决心辞职回家。夫妻两人经营过豆油坊，开过粮食行，作为“投机倒把不违法”后的快速行动者，跟我文坡大爷、振华大爷在“跑买卖”那十年，也赚了一些钱，在我很小的时候就盖了新瓦房。

当然，还是苦难的时候更多一些，小姨现在还经常提起，做买卖，父亲用“大飞”自行车驮400斤、母亲个子不大也驮接近300斤，坑坑洼洼、上坡下坡，使尽浑身的力气蹬自行车，一块钱一双线织的手套上面有无数个补丁！挣来的血汗钱，就是姐姐和我的学费，90年代的学杂费相对来说真的挺高，农村田地里的出息连基层政府的“三提五统”都满足不了，往往是交完“公粮、提留”后，一口人100斤粮食都剩不了！因此，只能刨一爪子、吃一爪子。后来，我们的学费抽干了老爹生意的本钱，加上信息化（手机）和机械化（货车），父亲落伍了，为了我和姐姐，放下身段，干起了“遛乡收废品”。二叔家的堂妹嫁到了父亲经常去“收破烂”的村子，所以，在堂妹出嫁那天，二叔没让父亲去作陪，可能是怕丢人的缘故吧！但是，我却一直没觉得父亲做过“破烂王”是耻辱，相反，在心里有无比的感恩和愧疚。去年夏天，我从北京开车拉着父母亲，和姐姐一家去青岛黄岛，那是父亲曾经"收破烂"的地方，十年多了，又见到父亲曾经的“战友”，他们对父亲特别敬重，东家长、西家短，父亲的心情也十分激动。我和姐姐都觉得，那才是最真实、最诚实、最朴实的父亲!

老爹一生勤劳，甚至有时候勤劳得过火，比如越是到吃饭的时候，他手头越有忙着干的活；每逢下雨的时候，不是拿着扫帚扫地、就是拿着铁锹挖沟，越是雨大越有紧急事项，直到湿透了、雨停了为止……但是，老爹给予我有两个“定”：

我骑猪上学的时候（小学），他在学校门口开油坊，这大概是一个安定的时期，回忆里也都是美好的东西。

我在北京安家落户、娶妻生子了，他和母亲当起了保姆，照看俩娃、洗衣服、做饭、打扫卫生，成了我最稳定的后方。但人生渐老，总归会妥协于很多事情，比如地位、名声、财富、爱情，甚至买东西时的讨价还价。我写到老爹这两个字的时候，并不想写他的一生如何，比照任何一个历史人物，普通人显得太普通了，我只是心中震动于当“爹变老了”时，老爹的意义，子女的意义。

我问过身边很多人：当你仔细审视或者回忆老爹的时候，会发现他很陌生，到底哪里陌生，却说不上来；我告诉朋友，那些陌生都是“与我们自己不重叠的岁月”，也就是说，那些重叠的岁月彼此都了解，都熟悉，那些不曾重叠的岁月，却制造出陌生，可以这样来看：

比如老爹出去打工的时间无法与你的时间重叠；

比如你在外求学或工作的时间也不与老爹的时间重叠。

而这些时间中间，彼此却都在做着相应的事情，经历着相应的故事，起着相应的变化，积少成多，便成了陌生的岁月，进而投射在人的身上，便有了“那种说不出来的陌生”。这个事情，谁也无法逃避，因为人生终究都要独自去面对和经历，不可能有完全一样的经历，从另一个角度说，所谓夫妻相，也正是这种相同岁月多了所折射出来的相似，这正是生命的无奈和生命的可贵之处。

我爹是爹，我也是爹，爹和爹之间是传承关系，爹老了，只要传承到位，那么爹的某些信息就会一直在人群中传递下去，因此基因血液里的占一部分，那些彼此的重叠岁月所形成的习惯和记忆也占一部分；

曾经有项很有趣的研究，结果是这样的：在一个家庭中，占主导地位的人（家长），会引领其他家族成员“长得越来越像自己”，产生这个结果的原因，研究人员称，与人“向强性”有关，也就是说对强者的依赖，在实际的生活中会形成“模仿机制”，弱者模仿强者，依赖者模仿被依赖者，模仿的多了、久了，长得也就像了。因为“爹”这个角色往往有力气、占主导，是强者的符号，所以在传承里有价值，这也是为什么封建社会一直强调要生男孩的原因（当然还有基因学上的因素，此处不予赘述）。因此，老爹是一个家庭不屈服的最大支撑，也是一支血脉不断“复印”下来，“复印”下去的最核心基因。

从爹变成老爹，一个老字稍显悲怆，一个老字也蕴含亲昵，悲怆者光阴不在，亲昵者有传有继，两者相加在一起就是生命在“老”面前的全部尊严，那么，也就没有什么个人的伤感和两代人之间的唏嘘，反而值得庆祝，简直应该喝一杯，至于中间的什么苦啊、痛啊、委屈啊、黑暗啊等等——谁没有呢！如若没有，怎么证明生命的不凡呢？《易经·象辞·离卦》说：“明两作，离；大人以继明照于四方。”大人和君子可以差不多来理解，离这个卦是太阳升起的意思，每天都有太阳，新太阳老太阳，与儿子和爹的意思可以互相比照，在新老之间，太阳共有的是“光明”，这就是“继明”的中心意思。爹和儿子之间也是“继明”的关系，老爹是源头，是不朽的功业，老爹伟大。

当我看到老爹在病床上，想到以往种种，想及时尽孝，想他立即康健如飞，想我们再回到童年看到老爹伟岸的身躯，转念又想，回去也还要回来，来到今天这么一个场景，“老”是最大的、最快的、最诚实的成熟途径，老爹做到了，成果就是我，我们也应该认真地去做到，便忽然觉得老爹像水，万能的水！于是，在那一刻，我递给床头的老爹一杯水，温暖适度。

五、老子

《道德经》这本书也叫《老子》，《老子》说：“不自见，故明；不自是，故彰；不自伐，故有功；不自矜，故长。”现实中的“老子”们把“不”全去了，变成了“自见、自是、自伐、自矜”，于是蹚过几年社会的人都明白，嘴上说“老子长老子短”和心里想“老子短老子长”的人们，半斤八两，与书里的“老子”隔着一万座函谷关。

现实中，老子一般是“爹”这个辈分，那么，喊自己老子的人年龄大吗？一般都不大，年龄大的人喊自己“老朽”，别人一般喊他“老不死”，由此可知，喊自己老子的人，是不老装老，不大装大，里边虚着，自以为是的样貌。

我们中国人都知道一个词“温文尔雅”，用这个词来形容的人和以“老子”自称的人构成两个对比鲜明的群体，温文尔雅有内涵；“老子”粗鲁，透露出的是“不自信”，是打肿脸充胖子式的倔强！现实生活中，这样的人很多，甚至我们都曾是其中之一。

我讲一个很有意思的故事，那一年我去大学的行政办公楼办事，当时我在学院学生会工作，要进入办公楼需要学生证才可以，这是学校的规定，当然更加是为了安全，就在那个时候，有一位同学和门卫大吵起来，稍微听了几句终于搞清楚了原委，看到那位同学声嘶力竭、怒吼般的样子，以及他口中的“老子”如何，至今记忆犹新，也时刻提醒自己不要做这样的傻事。事情是这样的，那位同学是校学生会的某位主席，那天也要去办公楼办事，却恰巧忘了带学生证，门卫自然不让他进去，按道理呢，可以有两种方式解决：其一，回去拿了学生证再回来；其二，如果有特别急切的事情，可以就近找相关熟悉的老师来说明。但是那位同学却都没有选择，而是采取了自己的方式，什么方式呢？我把听到的几句话写下来，你一看就明白了：

我和某某书记每个星期都得碰几次面，还一起喝过好多次酒。

某某校长跟我是哥们一样的关系；老子见谁谁谁都不用打招呼。

我来过很多次了，你不认识我？我是学生会某某主席，他们都认识。

老子就是没带学生证……

看完这些，明白了吗？如果我是门卫，也绝不会让他进去，因为，我有法可依，他无理取闹，在内心里把自己当成了天大的人物，其实虚张声势，想表现自己的高大上，却落得个被人鄙夷的下场，关键是事情还没办成（最终没进去）当时，我特别佩服那位门卫，可能学历不高，品质却远远超出了那位学生会主席。

还有一种自认为“牛”的人物，号称“爷”，有些地方“爷”和“父亲”即“老子”同辈。那是1998年的一个秋天，在稻谷场上，亲眼目睹了街坊邻居，就是因为一句“爷”而出了人命，结果基本毁坏了三个家庭。因此奉劝大家，要远离“老爷派头、大爷作风、少爷脾气”，谦逊不是坏事，是修养。

《道德经》里的老子说“洼则盈、敝则新”，现实中的老子说“我最牛、服不服”，说别人小，不证明自己大，说别人弱，不证明自己强，说别人是孙子，不证明自己是真老子。

知道这个道理还去说，说明内在空虚，而不是谦虚，自信的人不消说，自能不怒而威。

再说一个人人都遇到过的例子，我曾多次给人说，甚至写文章提到，不要随便说“小王、小李、小张”之类的，除非你是极大的领导或者极老的老人，有次，有个新来的财务到办公室见人就“小小小”的喊上了，其实她年龄并不比别人大，更有甚者，我一位朋友给我说过一个事情，他在他们公司是总部的营销老总，河北保定的一个新上任的城市经理到总部开会，一个不到20岁的小姑娘，新官上任，容易嘚瑟，生怕别人不知道她是城市经理了（其实下属只有一个人），在总部会议上，把包含我那位朋友在内的总部人员（除了老板和总经理），在称呼上统一改为了“小王、小李、小张”，这件事让老板大跌眼镜，被“小”的同事们也一脸尴尬。

老子自称是自以为是，是人格的不成熟，《易经·象辞·咸卦》有言：“山上有泽，咸；君子以虚受人。”这里的虚是谦虚，是永远不自称老子！

六、老伴

如果让你逐一放弃身边的每一个人，最后只剩一位，你会怎么选择？

这其实是一个社会实验，最早在国外做过，后来国内也有类似的实验，国外的结论，多数人会选择爱人，国内的结论呈现母亲（或父亲）、孩子两极化，选爱人的反而占少数。看到这个结果，我曾经给出了三条原因性结论：

其一，中西文化差别是最大的根源；

其二，国人对人生的思考比照西方人少很多；

其三，中国人的爱情生活只存在于恋爱的时候。

国外在做这个实验的时候，受访者给出了一定的原因，其中最大的一个原因是：父母和孩子与自己的时间交集是最短的，简言之，父母会提早离开我们的生活，而我们也会提早离开孩子们的生活，这个世界上唯一一个差不多能同时相伴离开这个世界的家人，只有爱人！当我看到这个实验报道后，灵光一闪，闪过“老伴”两个字的真正意义。

老伴的意思，就是老是陪伴着，老来陪伴着。随着年龄的增长，越来越理解“少年夫妻老来伴”的意思，也越来越体会到作为子女，真正的孝顺，就是让父母老来有伴。我高中同班女同学，大学刚毕业的时候母亲因病去世，父亲想找个伴，她是歇斯底里的反对，我们几个要好的朋友也没劝成。没过一年，他父亲不幸出车祸断了腿，只能卧床，生活不能自理，那时候，她一边忙着工作、一边忙着恋爱，而且作为女孩子、出于伦理，又不方便给父亲擦屎刮尿、洗身子，刚处的男朋友更是做不到。这次，她听了我们的话，撮合那个阿姨和他父亲走到了一起，在那个阿姨乐此不疲的照顾下，他父亲很快康复，她和对象，也有足够的时间和精力，做自己的事情。再后来，她生了三个娃，都是那个阿姨和她父亲给照顾着。

国人历史上的爱情故事很多，善终的却没有几对，国人的婚姻观几千年来是“门当户对”的合作关系，通过“柴米油盐酱醋茶”迅速过渡到“亲情”关系，正是因为这样的残酷现实，才会在文艺作品中将爱情放大很多，显得弥足珍贵，起码使人遐想。

封建制结束后，国人逐渐与西方接轨，提倡“自由恋爱”，于是“爱情激烈化”，所有的热情和美好在恋爱时喷薄殆尽，进入婚姻生活后，“柴米油盐酱醋茶”等无味的琐事便很容易打碎以前的美好，于是，矛盾、冷淡、形同路人，此时做那个国外的实验，选爱人的几率迅速低至极限，从当下各种媒体及身边所见所闻来分析，我们国人在夫妻关系状态上，特别是年轻群体中（40岁以下），有很多处于这种尴尬的境地。曾有报道称80后的离婚率有些地区高达50%以上，这不禁让人疑惑，我们这个素以“温良恭俭让”为目标的族群何时自乱了阵脚，我们的心里都是怎么想的？

很多人的婚姻，都是形式上的，都是“家族、家人、孩子”的婚姻，不是自己的。有个朋友和前任结婚几年时间，几乎没怎么说过话，彼此也没有感觉，就像陌生人一样，陌生到连碰对方的欲望都没有，终于熬不下去，都不愿继续这样，最终分手了，后来，单身了大概十年，在一次活动上认识了一位自己喜欢的姑娘，最终走在一起。问他们幸福的原因，他们说最大的一个原因是：愿意做彼此的老伴，是心心相通的老伴，而不是搭伙过日子的老伴！

也正是从那时起，我更加关注夫妻关系的处理，对老伴的理解也逐渐丰富、深入，曾经给老伴这样一种解释：老来相伴、老能相伴、老爱相伴、老是相伴，老来老能老爱老是四者之间因为很多事情及内心的相互依靠而逐渐递进，不可分割。理解了“老伴”这个词，才算真正明白了男男女女，最早婚姻的关系，说到底无非是争夺“稳定交配权”的关系，兽性更大，但作为高级动物的人应该升华，而不再是浅层的愉悦使动，在《易经》里有专门的一个卦叫“归妹”，主要讲一种不好的婚姻关系，虽然侧重女性，但深入分析，竟然与当今社会上的普遍现象如出一辙，归妹讲的是少女只因“情动而从男”，难以长久，《易经·象辞·归妹卦》说：“泽上有雷，归妹；君子以永终知敝。”“永终知敝”就是说长久了就会发现不足，结果会崩坏，即是“难得老伴”。

写到这里，我们都该反思，都该好好审视一下自己和身边的人，徐志摩有句名言：“我将于茫茫人海中访我唯一灵魂之伴侣，得之，我幸；不得，我命。”如此而已。这句话大概说对了一半，他是诗人，浪漫如许，另一半应该是：我将于茫茫人海中待我唯一生命之老伴，常伴、久伴。

七、老外

如今在国内，金发碧眼的老外已见怪不怪，然而，“老外”这个词却不一定与外国人有关，实则这个词甚至可能会更多地萦绕我们每个人一生的时间，搞明白了得到智慧，搞糊涂了成为愚氓。

老外这个词，在国人文化里，最早语出《红楼梦》第五八回：“老外艾官指给了探春。”其基本意思是指外行，不懂某行业业务的人。同时老外也是传统戏曲中的特殊角色的称谓。随着外国人在国人视线里的增多，才逐渐有了指称外国人的意思。

对于最后一种意思，有深入接触的人也只是占中国人的少数，虽然从小到大都在学习英语，即使有接触也只不过是一种称呼而已，和隔壁老王或者二大爷没什么区别，因此，我想说的是“老外”的本意，它和我们的生活、生命难以两立，你若忽视，恐不明智。

第一个绝对无法忽视的问题：怎样避免成为一个“老外”，人人都想成为专家，专家有很多好处，起码工作会做得好，工作做好了，收入会多，更接近人生理想，那么怎么避免成为一个老外呢？无非“方向”二字，也就是说我们必须找对自己的人生或者专业方向，可惜的是当下多数人没有对的方向，甚至都没有思考过这个问题，太原的大刘给我说过他的真实经历——

那一年，他们公司请了某家著名的培训公司做企业内训，请了当地的“总教练”，大刘当时是公司的企划部经理，六十多人的公司多数以90后的年轻人为主，也有一部分“老年专家”，那位总教练“强迫式”的一个问题一个问题的让大家举手（培训公司惯用的伎俩），终于一个问题让大刘做了“叛逆者”，教练说：“要想成功，1%的天赋加上99%的汗水，只要在公司里你足够努力，就可以取得成功！同意的举手！”大刘看到60多人情愿不情愿地举起手，他没有举手，教练注意到他，上前看着他的胸牌，说道：“大刘，你是不是不同意，为什么不举手啊？你们董事长在后边坐着呢！”

大刘这个人才华横溢，在公司里素有“博士”之称，公司90%的策划都是他一个人做的，老板都得敬他三分，此时教练“威胁”的一句话让他心里很不爽，于是果断地说：“不同意！”

教练变本加厉，说：“那你说说，为什么？另外咱们公司有没有缺点，你们董事长可在后边坐着呢！”大刘二话不说，拿过话筒，说道：“第一，这句话多数人都知道还有后半句，爱迪生强调‘天赋更重要’，而不是瞎努力；第二，我们到企业工作，聪明的领导一定是把合适的人放在合适的位置上，要不领导就是傻子；第三，我可以给你列举十大公司缺点……”

大刘话音刚落，满场的掌声持续了近一分钟，那位教练尴尬得一脸铁青。从大刘这件事来看，不成为老外，天赋即方向，选对了适合发挥自己的方向，事半功倍。我也经常与朋友聊天，特别是刚刚踏入社会的年轻人，“不做老外，先选方向”，及时地看清自己比什么都重要。

第二个问题，如果自己是老外，该怎么办，同样举大刘的另一个例子，大刘有位文化界的大哥，学贯中西，有一次大刘跟着他去见一位书画大家，他们都是第一次见面，这位书画大家开门见山说自己正在看禅宗的书，随手便拿出一本《禅宗故事大全》的书，大刘的那位大哥一听，便话带机锋，深谈禅宗，书画大家默听几分钟，立即话锋一转而言他，绝口不再提禅宗的事。事后大刘说，那个人真是聪明，一看碰到行家，自己是老外，便不说了，免得自讨没趣。那件事以后，我便明白，如果自己在某个方面是“老外”，千万不要“不懂装懂”，或者“知少言多”，最聪明的做法是“闭嘴”，并且虚心倾听！做学生不丢人，打肿脸充胖子才丢人。

前边我谈到的两点，对“老外”而言，都没有涉及“专业问题”，这是因为每个专业都不一样，只要是专业中的人，都具有话语权，只是知多知少的问题，我谈的这两点，更加宏观，一个是如何成为“非老外”，于成功有裨益，一个是如何避免“老外丢脸”，于形象有裨益，这两者几乎可以作为一个“老外”该注意的最关键内容。《易经·象辞·家人卦》说：“风自火出，家人；君子以言有物而行有恒。”行有恒可以理解为做事业有恒久的心思、行动和方向，风自火出代表了正确的方向，进而言有其物则不因不实而辱，也就是所言皆不“老外”。在现实生活中，做到这些真的不容易。唯愿世上每个人都能正确其方向，热爱其方向，心出其方向，专业专一，皆不老外。

八、倚老卖老

我最不愿听到的话是：“我吃的盐比你吃的饭都多，我过的桥比你走的路都多！”

一般说这种话的人要么年龄大，要么资历深，要么地位高，总之“倚老卖老”。卖老这个现象几千年了，一直长盛不衰，浩浩汤汤，流淌在我们的血液里和口水里。卖老一般卖的是“经验”，比如吃过什么亏，成过什么功，哪怕只是提前走过某条路，都可以端坐颐指，我不否认经验的重要性，但卖老却不怎么提倡，甚至反感。

卖老首先证明心态不好，卖老重点不是“老”，而是“卖”，卖就是卖弄，世界上的万事万物，一旦开始“卖弄”了，准没好，因为“卖弄”的时候油盐不进，是将以往的认知填满了大脑且要外溢，所谓“持而盈之”，一有动作肯定泄露。

小董的父亲曾是山东滨州某镇的首富，成为首富当然是有原因的，肯干、能想，抓住了改革开放的契机，一时风云叱咤，身边一年到头全是领导视察参观和拍马屁的“各种亲戚”，就这样风光了十多年，后来，他逐渐觉得自己的本事不该止于镇上的首富，而是应该往市、省，甚至全国看，有这个想法当然是非常好的，欲谋大事者必先立大志嘛，于是上了很多新的生产线和项目，他本身是以代理食品销售起家，认真总结了以往成功的经验，且条例化，踌躇满志。

然而，现实中的情况却把这位老董打击了一遍又一遍，从生产到销售到管理，甚至到办公室的标语，几乎都是老董一手抓，一手抓按理说也没问题，为什么失败了呢？小董告诉我，他们家的事业之所以沦落（当时已负债两千万）到这步田地，回想起来和他爹的一句话有关，这句话就是“以前我是这么干的，不是成功了！”其实那个时候，市场、宣传、渠道、产品布局都已发生变化，老董的理念早已落伍，在那种情况下还一个劲儿的“卖老”，不败都不合理。

这样的例子在现实中屡见不鲜，曾经中国流行过一段“发报纸营销”的阶段，我们有位老朋友当时做得很好，好到他们的产品和宣传资料要用火车皮运输，员工要以团为单位管理，十年后，当时的这位大老板还和人商量采取以前的方式，殊不知那样的宣传资料已经违法，社区管理也不允许外人去发产品资料，他却浑然不知，一时令人哑口，不禁感叹，人之成见难于动摇也。

卖老第二个大问题是所卖的老值多少钱?

山东济南被称为世界雕刻机工厂，在这座城市遍布雕刻机企业，其中有一家做的能够杀入前几名，曾经有五六年的时间，这位企业的老板招聘了一个老头去做副总，这个老头以前在某国营工厂做厂长，可以说有足够的“卖老”资本，于是退休几年后，闲着无趣，便阴差阳错地来到这家新兴企业做行政副总，这个职位按道理说是个关键岗位，做好了能使企业各环节高效合作，然而这位新上任的副总，连续几年，除了会给老板打小报告说谁谁迟到了，谁谁上班瞌睡了，谁谁多用公司复印纸了之外，没提出一条有效管理意见，没提高一点企业工作效率，没改善一点团队合作精神，而且还脾气很大，满嘴领导气，因为我有几个认识的朋友在那家企业工作，闲谈中得知了这些内幕，他们当时对这位“副总”又鄙视又厌弃，说实话，这么大岁数，真像孔子说的“老而不死是为贼”了，一文不值的他还坚持领了挺高的一份薪资，于是成了谈资和笑柄。

我有个好兄弟玩艺术，水平很高，个性很强，有好多次“一线大师聚会”的机会，他推托不去，我问为什么?他说，若论文化、作品、情怀，自己不需要去，去了以年龄、资历、头衔论，自己只能装孙子倒个水，没意思，大师们卖起老来，自己招架不住。我听后哈哈一笑，佩服他的洒脱和灼见，《易经·象辞·小畜卦》有云："风行天上，小畜；君子以懿文德。"这句话大概很适用于已经卖老、将要卖老、还未卖老但有经验的人们，这句的意思是说自己积累的差不多了，但是更需要蓄养文明之德，名不副实的卖老是不文明的行为，我一直很尊重发挥经验价值，指导后进的老前辈们，但风行天上容易飘，因此掌握火候是关键，是智慧，不见得人人有，所以我这些刍论便更多的侧重于纠正性论述了。

老是一个充满悲凉的状态，既丰富又摇摇欲坠，就像熟透了的果子，果子本身若有意识，我想恐惧会大于芳香，这也是本篇开头我提及的"苦之根源"，然而可避免吗？答案是不能，既然不能，我们只需转个身，换个角度，老便会有全新的生命，便不再悲凉，老子曾言"反者道之动"，会发出新的生机，就像"卖老"，如果卖得好，便是"老有所为"，少年榜样！

第三章　病

病是什么？如果当作病则是病，如果不当作病又是什么？有这么一个说法：很多人不是得病死的，而是被病吓死的，一被确诊，就时时处处琢磨病的问题，琢磨生死的问题，琢磨孩子父母等问题，最后不治身亡。当然病分很多种，总括起来可以分为三大类：身体上的病，精神上的病，以及由此引发的其他与病相关的附属品。

我有位泰安的朋友是位高人，有一次与之闲聊，谈到病的问题，他说“从某种角度来看，病不过是一种特征”，听到后，我茅塞顿开，是啊，如果不当作病，也只不过是身体的一个特征而已，于危害健康何加焉？

一、心病

一切病人首先是人，一切病魔最终都是心魔。

这两句话我曾给两个人分别说过，一位是山东临清的，一位是淄博的，第一句话说给临清的老干部，第二句话说给同学老父亲，他们得病相同，结局不同。我们把自己当病人，那么你的对立面就是病魔，大概病魔这个物种长得都可怖吓人，往往能得胜。这两位老人的往事，可以使我们观照自心，参悟“人、心、魔”之间的关系。

两位老人都得了癌症，癌症几乎已经成为所有疾病里最令人恐怖的种类，它还有另一个名字：绝症。可以说“一癌十亡九，一癌穷万家”，有过接触的人，都可想见其可恶，这个方面我不愿论及过多，还是只谈积极的内容为好。

临清这位老先生，在退休时查出了癌症，我见过他两次，两次只间隔了一天，初次见面是朋友介绍，吃过便饭，闲聊几句大家就散了，过了一天之后他给我打电话到我的办公室玩，那时我已经知道他得了癌症并且把自己治好的故事，于是欣然等候。那天我们一半的聊天内容是关于他这段经历的，着实传奇。

他告诉我，刚查出癌症时，内心也掠过一丝不安，家人也惶惶不安，在医院里治了一段时间，花了一些钱，后来一下想通了，干脆跑回家“不治”了——当然也不是回家等死，而是自己研究起癌症相关的治疗来，他发现积极的心态和健康的生活方式可能是“让自己多活几年的最可行办法”，于是从饮食到作息，再到心态，完全调整到适宜“杀死癌细胞”的状态，结果没用两年癌细胞萎缩消失了，自那以后，很多地方请他去演讲，请他叙说怎样战胜病魔的……我问他：最关键的原因是什么？他回答我说“不过是心里没了病而已”，这句话说得云淡风轻，做到应该是件困难的事，要不其他人也可以学他成功了，改变自己的心终究是件困难的事，大概，心变了万物都会变吧。

淄博的那位老先生按理说比临清的老先生幸运，却很快被病魔夺走了生命。说其幸运，是因为我见他时，他刚做完手术，且非常成功，我与他儿子是同学，因这层关系，我去他家里探望，就在探望时我提早的预感到了“不幸”，那天天气挺好，手术也已成功一个多月，春暖花开，一家人也信心满满，当我说“您老气色真不错”时，他“唉”了一声，说“不怎么好，又花了那么多钱……”我听到这一声“唉”的时候，心里“咯噔”一下子，有一种不祥的预感——老先生心态太差了！

结果在半年后，得知他癌症又复发，且医治无效去世了。两年后谈起这段往事，才把当时老人家“唉”那一声时自己心里的不祥预感告诉同学，我那位同学其时也已放下悲痛，理解了我说的，告诉我他父亲那半年“心里瞎琢磨事”，唉声叹气几乎是家常便饭，虽然医生嘱咐要找点开心的事情，可他“心里却控制不了”，只能信命了。

这两位的故事一前一后，时间也紧紧挨着，我那两句话也是分别在和他们聊天时提起过，前者是总结，后者是提醒，虽然两个人不认识，也已经阴阳两隔，但对于知道他们故事的人来讲，特别是身遭病魔的人来讲，总是有些借鉴价值，一切的病魔归根结底最终都是心魔，有一种研究称，人由两套系统构成，肉体系统和精神系统，精神系统是肉体的统领，中国人最早把所有的精神系统凝结到“心”这个单位，心决定了人的一切，“良心善人”“狼心狗肺”两种极端都是以心开始，这里谈到“病”，人这一生不可能不得病，心的改变或许是精神发生作用的开始，也是健康的动力。所谓“坎”为心病，心病的引子就是“坎”，想的太多、放不下，所以一旦心病形成，就过不去坎了！

《易经·象辞·大有卦》说：“火在天上，大有；君子以遏恶扬善，顺天休命。”里边最大的一个可控点便是“遏恶扬善”，是主观上的行动，为什么主观上的这个行动，可以获得“顺天休命”的结果？休命可以作为“好命”解，从逻辑和我遇到的两位老先生的经历来看，应该是这种主观的“遏恶扬善”可以逐渐调整“心之选择”和惯性，进而成就。

中医里也讲过，“病者，过也”，病就是各种外邪的侵入，外邪入侵“过了”之后，身体抵抗不了，就表现出症状；而身有“正气”且正气具足之人，外邪是难以侵入的，自然病不染身，正气自然是“正意”生发的，道理不言自明矣。

二、时病

每个时代都有缺点，抱住缺点不放，无论是沉溺还是谩骂都不明智。

翻看历史书发现每一个朝代，在当时都被人“喷”过，无论这个朝代是盛世还是乱世。而且出来“喷”的群体多数集中在当时社会阶层的中间部分，也就是说最顶级的和最基层的群体不会，只有两者之间的一小撮群体会，这是一个很有意思的现象，我又对比了除历史之外的情况，比如一家企业、一个家族、一个行业，所表现出来的情况，与此雷同。

由此我得出两个结论：第一个结论，每个时代以及这个时代背景下的各个领域都有缺点，而且这些缺点被社会上广泛的人群知道；第二个结论，处在这个时代背景下的人群呈现出对“缺点”反应的“枣核状”分布，中间是“吐槽”高发区，这两个结论合在一起共同构成一种现象——时病，即时代之病，时人之病。

我们的“时病”是什么呢？我曾试图询问身边人的答案，结果千差万别，各有各的理，都对，也都不对，举例来说：

有人说时病是“爱钱”，以钱作为衡量一切的最直接和最终标准，社会上充斥着铜臭味，从五星级饭店到乡下厕所，无一例外，关于这一点我曾和朋友探讨，从最浅层和有效的竞争力来说，“土豪”是当今最有力量的磁铁，一个人的地位是和“有没有钱”直接挂钩的，有一条处事智慧就是：再多的礼貌也不如手里的钞票。但是话说回来，在历史上哪个时期的人不爱钱呢？“人为财死”“贫居闹市无人问，富在深山有远亲”等已流传了几千年，爱钱本没有错，那是每一个人的生存杠杆。

有人说时病是“没有信仰”，这也是好多人的共识，我们东方人似乎是“什么都信又什么都不信”的一种存在，世界上的宗教有很多，但中国人却从未“始终如一”过，其实在历史上，客观来说我们的国人还是有信仰的，最多的时候是“信鬼和信官”，这一点我在后边会单独阐述，点到即止，信仰问题对于中国人来说从来就不是问题，何况我们这个时代，试问那些认为“没有信仰”的人，若反问自己，大概没几个人能说出自己的信仰。

有人说时病是“浮躁”，放眼望去，社会上热锅鼎沸，无论什么人或者什么行业，都喧喧不可终日，每个人看其他人都是那么浮躁，沉不下心，塌不下身子，又是好高骛远，又是路怒症，又是浅尝辄止，又是不想白头偕老，又是零经验创业，又是这山看着那山高，又是满脸焦急的戾气……然而，要反驳这一观点又是何其简单，只须问：难道你快跑前进时，能心平气和而不喘粗气不心跳加速吗？

有人说时病是“道德败坏”，举出“老人倒了无人敢扶”“笑贫不笑娼”“教授成叫兽”“各种走后门”“性开放”“出轨常态化”“碰瓷”等等例子，有人说时病是“一切体制化”，还有人说时病是思想单一……

总之在众多答案中，没有一个是“人心根本”，那些都只不过是表象而已，直到我遇到老三，老三是我们一个新项目的临时监理，这个家伙给人的印象是“无比淡然”，好像什么事都不会引起他的恼怒，我问他这个问题，他歪了一下头看了我一会儿，然后悠悠地说了一句：

不过是不能正视并且接纳发展中的变化而已。

这个甘肃兰州的小伙子，仅仅一句话便包纳了其他人的所有说法，对啊，不光我们这个时代，就是古往今来的历史上那些“抱住缺点不放，或沉溺或谩骂”的情况，不都是这样吗？

我回过头来审视那些曾被称为“时病”的情况，以此论证，竟然都可以得到安置。我们整个人类在不断向前发展，中国的步伐更加迅速，在这个过程中，文明程度、法律健全等都经历着磨合调整，身处其中的人们，若无法跳出来看，则“为病所惑”，其实所谓病，一直以来也只是身体在调整中的一个表现而已。

由此，我又忽然想到自己的一次经历，很多人不喜欢上海，觉得上海人排外、小气，我曾经也是如此认为，可在2012年后，我却改变了看法，那一年我去上海，因为工作，在地铁里为“广告牌”拍照，刚拍了两张，就有一位地铁巡警过来，问我在做什么，并且告知有人举报认为我在偷拍个人隐私——我在说明了情况，并给他看了相机里的照片后，才算结束。这件事之后，我思考良久，才知道“那是文明的表现”，隐私是应该被保护的，而且在那里有人主动去维护！

当我们能正视这些的时候，就有了获得进步的捷径了，越多的人如此，则时代的洪流就会越便捷地走向“光明高地”，《易经·象辞·屯卦》说：“云雷，屯；君子以经纶。经纶是说开始阶段总是困难，而只有正确面对这些苦难的情况才会发展进步，试想一下自己，具体到每一件事，都是这样的情况，思索起来大概都可以从中得到改善的焦点，若事事都可改善，则能得大善，从那以后，我便常告诫自己，时病该去，首先正视，进而果进。

三、久病

久病床前无孝子，这是国人永远的痛。

老李比我小两岁，家住长春，他对我说：如果能自己选择死法，一定不要得病，特别是那种一病好多年，甚至要躺在床上的病，坚决不行！我问为何。他说，久病是一个家庭最大的毒药，能毒死所有的耐心和感情。

老李的外公只有一个女儿，就是老李的妈妈，因此从小就跟着外公住，外婆死得早，他没有见过，但外公对他很亲，几乎把天底下能给的最好的东西都拿来给老李了，但不幸的是，在老李上初中那一年，外公得了脑血栓，刚开始的一年还能自己挪动，他上初二时就只能躺在床上了，庆幸的是，老李的父母都是孝顺的人，于是外公的吃喝拉撒都在父母的照顾下在床上度过，一躺就是五年，老李上高中以后，学校离家远，便选择了住校，每个月回家一次，他曾经用业余打工赚的钱给外公买蛋糕，老人那天很高兴，虽然话已说不清楚，但是喜悦却从老李的口中溢于言表。

从高二下学期开始，老李觉得每次回家，家里的氛围都不太好，他和外公一张床，那时外公已大小便失禁，常常臭气熏人，老李也心生嫌弃，那时每天都要给外公打扫，特别是冬天，要用铁锅把细沙加热了铺在床上，既暖和，又方便老人拉尿后处理，尽管如此，外公的脊背上还是得了褥疮，长期一个姿势躺在床上，得褥疮也是无法避免的事情，有一次，老李和父亲两人一头一脚抬起外公打扫床铺，他没站稳，一下子跌倒了，外公也重重地摔了一下，老李说，那时一家人已不觉得心疼，甚至接着重新抬起来，铺好床，还没好气地将外公丢在上边……

老李知道父母做到这样已经很不容易，白天要干活养家，供自己上学，抽空还得照顾外公。因为有深挚的感情，在开始的时候，大家都有耐心，也想给老人希望，脸上都堆满了笑容，可时间一久，耐心就被磨没了，感情也被每一处细微的麻烦消耗殆尽，久病床前无孝子，其实不是无孝子，若真不是孝子，不用“久病”也没有——只是都被“磨”成了可恶的人，老李给我这样一个结论。我能听的出老李的讲述中有一些悔恨，大概是悔恨那几次对外公的“没好气”，可是他当时又有什么办法呢？时间就是一把钝钝的刀子，磨啊磨，最后麻木了，也把我们切割成了不想成为的样子——烂肉一堆。听过老李的故事，我能想象得出，那种一点一点无法控制而改变了的感情以及多年后的无法释怀，孝子好做，久病难挨。

我们家生活最困难的时期，也是因为“久病”，太奶奶从1996年到2000年，奶奶从2000年到2002年，卧床养病，那正是我和姐姐上高中、读大学阶段，各方面花钱的地方特别多，但是父亲却没有选择出门挣钱，而是坚持尽孝照顾，学会了扎针、学会了注射。从高中开始，姥姥、姑奶奶曾将“口攒肚挪”省下的钱给我当生活费，大姨家、二姨家、小姨家、二舅家、文坡大爷等亲戚朋友都曾接济过我们。记得高考之前，梅表妹把兜里仅有的20元钱给我，自己却步行回供电局上班；姐姐读师范有补助，在我高考补习班那一年，每周都以提高我英语的名义用英文通信，然后她在回信里给我夹上10元钱；最窘迫的一次，叔叔们都准备好了给奶奶交住院费，在医院等着我的家人，母亲揣着从大姨家借来的500元钱刚进门，我正好打去电话要生活费，那一夜，父母未眠……

父母为了筹钱给老人治病和我们姐弟俩上学，不知道犯愁过多少个夜晚，直到我大学快毕业，也就是奶奶去世两三年之后，父亲才最终还清我的学费（借二表姑家和二表姐家的钱）。不过，父亲从来没有过一句抱怨，他说，他是他奶奶喂养大的、是他母亲生的，谁也不想生病，摊上了就得受着；孩子是自己生的，生了就得养，没有别的办法。应该说太奶奶、奶奶、爷爷他们久病是痛苦的，但是我父母是尽孝的。好在我和姐姐都大学毕业，都有一份良好的工作，也算是对父母苦熬“久病”的回馈吧！

国人一直以来是“养儿防老”，是以家族共居、赡养孝亲的方式维持社会的发展，历史及文字里流传了各种各样的“孝子”故事，甚至有的可以用惨烈来形容，但是几乎所有的孝子故事，都是“瞬时”完成的，绝少“久病”的例子（当然有个例，此处只是说明多数人性，不必抬杠），因此，久病，特别是“久”这个字，是人性的一个危险阀门，是现代人应该妥善规避或者寻求解困的重点攻关目标，久，就是长时间不变，当然很难忍受，不要说久病，就是长久的保持一个姿势，都会难受。作为人，我们要懂得尊重人性，理解人性，更加重要的是想方设法在生活中规避“久病之害”，这不是推脱责任，而是一种智慧。

久病本非人愿，在这个过程里，我们需要的是如何面对，最好提前预防，随着社会功能的完善和人们意识的提升，总会有更加妥善的方式，而不是拘泥于以往的“愚孝”式伺候。久病还揭示出“久”的“难久”问题，社会的本质是“向好”“向舒服”，久病床前无孝子，久贫家中无贤妻，久逸生活无依着……孔老夫子曾感叹“时哉、时哉”，可能对于这样一个话题和发生在每个人身上的可能，我们能够做的唯有：葆心之爱，力行之举，互相绸缪，才得善终。古语云慎终追远，结束终归是一个大大的节点，《易经·象辞·革卦》说：“泽中有火，革；君子以治历明时。”革，就是变化，有革故、革命之说，在这种时候应该“明时”而动，明白在那个时间该如何做才更加智慧，这其实是抛给我们整个中国人的一个话题，处理得好，和谐融融，处理得不好，家庭生裂痕。

久病，考验的不是我们的耐力，真正考验的是我们的成熟程度和承受能力，沉重而饱含戏谑。

四、邪病

你相信鬼吗？前边我提到过，曾经几千年，国人一直信鬼，在春秋战国那个百家争鸣的时代，围绕有没有鬼也曾派别林立，有的承认有鬼，有的批驳有鬼，有的还提出“鬼”只是统治手段，这些思想家们莫衷一是，那么民间老百姓呢？

老百姓们多数是信鬼的，从过节拜神到上街骂人，几乎都没有离开过各路鬼神。那么，有多少人见过或者直接接触过呢？我伸出手一数，吓一跳，两只手竟然没有数过来，原来曾经有那么多朋友有这种“特殊接触”，除了那种“小时候掉魂”的情况外，略说一二。

最早能全面、翔实地给我说这种故事的是王大杨，她曾是我们企业的实习生，性格大大咧咧，几乎每天都能看到她活蹦乱跳地出现在办公室的各个角落，有一次“务虚会”，大家扯闲篇远了，就说到“中邪闹鬼”的话题，她突然跳起来说“我们家每年都发生”，同事们立即安静下来，翘首以待她接下来打开的话匣子。

她的亲身经历是这样的：她有一位二大妈（即她父亲二哥的夫人），有一年突然晕厥，然后站起来要全家人去开会，并且说自己是王大杨的奶奶，刚开始全家人慌了神，乱手乱脚地才安抚下这位二大妈，可是没过多久，又来了这么一出，全家人都说中了邪，得了邪病，就这样发生了好几次，终于有一次最不信邪的王大杨的父亲“屈服了”，原来，二大妈和他说了一句话，是以王大杨奶奶的口吻，关键是，这句话所说的内容在这个世界上只有他们母子两个知道，作为他们王家的媳妇，二大妈不可能知道，于是，全家人一致认为二大妈能够通灵，还有一次，二大妈样子的奶奶给全家开会，指着王大杨嫂子的肚子说“我又得了一个孙子”，那个时候她嫂子刚怀孕不久，结果足月临盆后果然是个男孩……

于是，奶奶通过二大妈的身体回来给全家开会，成了常态，但是每次二大妈身体都像虚脱了一样，有人分析是她八字弱，所以奶奶找她，阴阳沟通会耗费很多气力，所以会虚脱。这些事情，王大杨说起来像拉家常，铁定不是生编乱造，况且也没有欺骗大家的必要。

大概类似的故事，每个人都能听到或说出，其他诸如“鬼上身”“鬼打墙”“中邪”等等情况也不会陌生，我甚至曾亲见过几次传言“鬼上身”的情况，一个弱不禁风的人一下子可以抡起两个大汉……

邪病，一直在社会中存在，谈与不谈，都在那里，所以老百姓最“信鬼”。至于，邪病到底是怎么回事？至今也没人能说清楚，“子不语怪力乱神”，何况我们这些凡人，有些科学的解释说是磁场作用，也有说是多维宇宙等等，不一而足。在这种状况下，如何对待就是个无法回避的问题，一般百姓都是请神棍或者神婆化解，特别的人也有特别的方法，宋代有个叫李廌的，是苏门六学士里的老小，比苏东坡小 22 岁，他写了一部书叫《师友谈记》，记载了苏东坡遇到鬼的几则故事，我摘出其中一个来说，因为这事我也遇到过。

苏东坡的二儿子苏迨小时候，看到有个瘦黑贼穿着青衣，走入家里不见了，让人找也没有找到，忽然奶娘发狂了，声色俱厉，像军人那样大声唱喏。苏东坡过去，奶娘厉声说：“我就是瘦黑青衣的，不是贼，是鬼，我要带走这老太太，为我作巫。”

东坡说：“死也不让你带走。”

鬼说：“学士不让她出去，也没办法，只求少功德，行不？”

东坡说："不行。"

鬼说："求给点儿酒食吃吃，行不？"

东坡说："不行。"

鬼说："求给点儿纸钱，行不？"

东坡说："不行。"

鬼说："只求给杯水喝，行不？"

东坡说："给它。"

奶娘喝了水，倒地而醒。

这个故事，说来委实有趣，真实性放到一边，苏东坡的凛然之气却跃然纸上，不向鬼屈服，鬼就向你屈服。可见人心若正，邪僻不近。为什么婴儿容易出现这样的情况，思索原因，大概是婴儿初生时虚羸，心中无足够自主之正气，故而邪僻得逞。

因此，若以心论，面对邪病，敬而远之，保有纯正之气大概是最"正能量"的做法，苏东坡和平民之间以名声和地位论，相去甚远，但精神是可以趋同的，要不你为什么上大学、读书呢？搞不明白的事情可以有条件了再搞，而"正气"这件事随时都可以搞到心里来，《易经·象辞·遁卦》有言："天下有山，遁；君子以远小人，不恶而严。"遁，有逃的意味，不恶而严，是遁的结果，严则可以正，正则无邪可近。这个逻辑关系，应该不难搞吧！

五、四病

佛教《园觉经》提出一个修行里“四病”的观念，即修行禅定者，在证入禅定境界过程中应该避免作、任、止、灭四种错误运用心念的禅病。在我看来，这四病几乎可以拿来判断我们所做的任何事情，而一件事情的成功与否也逃不脱这“四病”的范畴，我们先来看一下，四病的具体含义。

（一）作，就是造作的意思，比如要去参禅，规定自己每天打几次坐，就像完成任务一样，以为打坐四次就可以得四个罗汉果，八次能得一个菩萨位……或者一生要拜多少寺，今天拜了多少佛、行了多少功德、取得了多少进步，这些都是有所造作，如此做下来，执着于外相，不得心源。

（二）止，在参禅中，心思总想得入定之功，能止方可求定，越是如此追求，越是离之渐远，我们常看到为了止、定，一般人坐在那里都很痛苦，皱着眉头，心中念头停不了，“刚才了却东边事，又被西边打一拳”，事实上做不到息心止念，现在一般人容易犯这个毛病。虽然这个止最初是专指修禅而言，但在现实生活中，我们大可以放诸其他事情上，比如做一项具体工作，私心杂念求除而难除即是常有之表现。

（三）任，就是任其自然，不管不顾，认为一切众生本来是佛，反正总有一天成佛，自然认为一切不管就是佛法，生死是空，涅盘也是空，用不用功都一样，一切本来无生灭，任运自在，这种观念就是任病，在日常生活中，比如担任一项工作，以为做好做坏都一样，反正老板发工资，“当一天和尚撞一天钟”，便是这种状态，结果自然是不求进取，堕落无成。

（四）灭，是指灭尽一切烦恼。认为生理、心理毕竟空无所有，此外，也没有眼耳鼻舌身意、色声香味触法，一切寂灭，此种病，容易让人消极无为，甚至什么事都不想做，更甚者可能立即寻死，也有人认为“灭”是用来对付前三者的良方，总之在应用过程中极容易“呈现病态”，贻害身心。

这四病的表现，可以自行比照是否在日常的各类事情中有相似的经历，比如“三分钟热度”，比如“无所谓啦”，比如“神马都是浮云”，等等，曾经有一位同我合作的乙方老吴，搞广告设计类，做了十多年，企业不大不小，然而发展却没有动力，业务起伏严重，后来他热衷于“放生”，几乎每个星期都要去大河小沟放生，他特信鲤鱼，有一次还约我去济南的大明湖放生，买了两条最大的鲤鱼。我们之间比较集中地合作了两年，他的放生热度一直没变，后来我问他为什么如此坚持，他说，放生积德，想让生意变好，想让家人平安，想让自己健康……我告诉他“作、止、任、灭”，后来便没了消息，一年后，我得知他的公司倒闭了，改行做了餐饮，并且开始“不信一切学说”（进入四病的另一病）。

写到这里，我觉得自己应该跳脱佛经了，由四病而至信仰，其实，信仰这个东西和找对象或者吃饭一样的道理，原则就是“适合的就是最好的”，有的信仰是民族性的，有的信仰是传承的，有的信仰是后天培养的，有的信仰是体悟式的，对于多数中国人来讲不见得能思考信仰这个问题，但终归是存在的，我认为有个很适合的描述，即良心，适合国人的信仰是“良心”，诸君不妨闭目思索这二字，何其恰切我们民族这几千年的人性。

良心是什么？在回答这个问题之前，我准备引述明代的心学大师王阳明一则劝和尚还俗的故事，这则故事里既有“四病”，又直指人心——

王阳明在通天岩讲学期间，听说广福禅寺有一僧人坐禅闭关三年，终日闭目静坐，不发一语，不视一物，王阳明于是前往探访。

王阳明以禅语说：“这和尚终日口巴巴说什么、终日眼睁睁看什么？”

坐禅僧人听了后，惊起作礼，对王阳明说：“小僧不言不视已经三年了。施主却说口巴巴说什么，眼睁睁看什么，这是什么意思？”

王阳明说：“你是哪里人，离家多少年了？”

僧人回答：“我是广东人，离家十多年了。”

王阳明说：“你家中亲族还有何人？”

僧人回答：“只有一个老母亲。不知道是死是活。”

王阳明说：“会不会想念老母亲？”

僧人回答：“不能不想念。”

王阳明说：“你既不能不想念，虽然终日不言，心中已经在说；纵然终日不视，心中已经在看。”僧人猛然省悟，合掌说：“檀越妙论更望开示明白。”

王阳明说：“父母天性，岂能断灭。你不能不起念，便是真性发现。虽然终日呆坐、徒乱心曲。俗话说：‘爹娘便是灵山佛。不敬爹娘，敬什么人？信什么佛？’”

王阳明说罢，僧人不由大哭说：“施主说得极是。小僧明早便归家看望老母亲。”

第二天，王阳明再往探访静坐三年的僧人，其他僧徒告诉王阳明，那个僧人已于午夜时分就挑着行李回乡了。

这则故事不是说广福寺里那位没有良心，也非是说佛不好，只是不适合他而已，由此可见，不着四病之害的一种信仰便是“良心”，何为良心呢？最近流行一个很贴切的比喻，每个人的心里有一个三角形，当我们在社会上待人处事而没有做坏事时，三角形不动，做坏事时（昧着良心），这个三角形便开始转动，每个角都会割伤内心，心会疼，如果一直做坏事，三角形的角被磨平了，也就不疼了，也就没有良心了。广福寺里的僧人心里会疼，我们也一样，因此世上的人，要么处在四病之中，要么在磨平“三角形”的过程中，能免者，皆是高人、达人、圣人。

《易经·象辞·恒卦》所讲："雷风，恒；君子以立不易方。"这个"立"，其实可以理解为孔子说的"三十而立"，确定的是自己做人行事的准则，一旦确定了，便"不易"，不再改变，大概对于我们这样一个有着几千年智慧的民族，每个个体可选择的东西太多，"立不易方"就显得难能可贵，恰是这个难能可贵，正是出路，不妨以良心来试！

六、俗病

我们最缺的是审美教育，我们已经习惯了审丑，我们常常患有"俗病"！

这是我的好朋友老高常说的话，他是一位多才多艺的艺术家，多年来把心思都专注于改善大众"审美"上，他说：眼所见、耳所闻都是教育，家里挂什么画、用什么家居、放什么书等等，都会影响我们自身，自己起码要选择一个高标准的东西在那，让它影响自己也高级起来。

有一次，老高讲到"俗病"，便把这个审美教育的问题抛给了听众，听众有的茫然，难道我挂一幅牡丹和挂一幅兰草在家里会有很大区别吗？难道同样是兰草，我挂一幅八大山人的和挂一幅文化市场几十块钱的会有很大区别吗？老高的答案是：有，且很大！大到就像"身处花房和身处厕所"一样的区别……

讲座现场大概有人不能立即理解或者信服，对于想急切提高审美的推广者来说这是最好的比喻，对于审美还在幼稚阶段的人来讲，却还像一道鸿沟，只是望了一眼对岸，却还没有真正领略对岸的风景有多么迷人。在现实中要理解“俗病”这个概念，必得自己达到了足够高的审美高度才可以真切体悟，我们不妨说一个生活中有趣的现象，读者朋友大可以拿这个现象去观察判断身边的人，这个现象就是“装修”。无论是居室还是办公室，大体可以按照某种走势去判断主人的审美层次，曾有内蒙古企业圈的一位朋友发了三张图并且都配了文字，这三张图是这样的：

第一张，老总办公室，装修得富丽堂皇，而且家居、电器、装饰画风格杂乱，但符合金碧辉煌的原则，一看都是名牌货，配图文字是“刚刚发财的老板”；

第二张，也是老总办公室，装修稍简单了一些，最大的亮点是风格统一起来了，看上去不那么闪眼睛了，配图文字是“发财一段时间的老板”；

第三张，还是老总办公室，装修风格简约，一水的明式家具，且办公室留出了足够的空间，家具很少，墙上也只有简单的大写意兰草绘画一张，配图文字是“发财很久的老板”。

这三张图和所配文字，让看后的人，特别是做老总的人唏嘘不已，有好几位表示自己也经历过这样的改变历程，不可否认，三张图的设计审美越来越高级，前两张特别是第一张可以划归为“俗病”一类，这个例子可以深入寻思的内容很多，以身观身、以家观家，可知自己矣。

俗病的产生大概可以总结为这么几个方面：（1）文化素养不高，读书少；（2）见识少，说白了没有见过好的，只在低级圈里转悠；（3）随大流，别人都这样，自己也这样认为，没有审美主见；（4）不听取高级人士的建议，在每个行业都有高级者，他们在专业层面上站得更高，能够相对更大限度的脱离俗病的困扰。

搞装修的大攀曾经给我说过这么一个例子，基本可以涵盖上边的这些特点，在十多年前，他的一个客户（暴发户类型）买了个大房子，需要装修，于是大攀出于好心找了顶级设计师为之设计，结果客户极其不满意，于是按照自己的想法让装修公司操办，花了一百多万，装修完毕客户请一众好友到家温锅，酒足饭饱之际，其中一个朋友看着才装修好的屋子对他说“你这怎么和会所一样呢！”，话毕，众人细观，确实和娱乐会所一样，大攀的那位客户一时气不过，打电话让装修公司砸了重新装修，当然责任不在人家，在他自己。大攀总结，客户没读过几天书也不爱学习，所有的见识都来自娱乐会所、洗浴中心，又听不进建议，自食其果罢了。

与之相对，要破除俗病，大概就是按照那几点的相反方向做，这一点开始可能不那么容易，但从一点一滴里去逐渐积累、调整、攀升是可行的，审美改变了，品味自然改变，气质自然改变，生命状态自然随之改变，《易经·象辞·晋卦》说：“明出地上，晋；君子以自昭明德。”这个“自昭”的过程就是改变内心的过程，就是提高审美的过程，就是提升眼力的过程，自昭等同于自照！归根结底，审美提高了，受益的是自己，审的对象美，自己自然也美，所谓审美不过是“照镜子”的行为而已。老高说：所谓艺术品，不过是三维世界的自己在二维平面上的投射，三维的好了，二维的才会好，审美一同此理，我深以为然！

七、红眼病

格局大者，满目江山，格局小者，满目红眼儿。

在一个鄙陋的时代，时代之中的人行径必然也鄙陋；在一个豁达的时代，时代之中的人所为自豁达。我曾经把这句话作为自己认知上的一个座右铭，进而看到了时代的优点，宽恕了时代的缺点，我给身边的老人说：人人都有红眼病。为什么给老人说不给年轻人说？人老了能看得开，年轻的人，红眼病一犯会骂我。

林二是邻居家的表弟，因为住得近、工作也有些交集，所以会经常搞家庭聚会，熟悉了之后，林二就找我谈家常，他本来不叫林二，只是因为比较直爽，才得了这个诨号，在听了几次林二的故事后，我觉得他可以算作一个君子，虽然直爽了点，虽然有些憨，但在当下，他算君子，当然，君子必然有搞不明白身边小人做法的时候，他给我讲的第一个“搞不明白”是第一份工作期间发生的。

林二那一年以优秀毕业生的身份被招进了一家医药连锁企业，在总部从事企划工作，小伙子努力，很快得到赏识提拔，做了小主管，升职的那个星期正好是公司“年中营销会”，四方精英汇集，他也新领了“主管工装”——崭新的西装，会议很顺利，他作为总部人员忙前忙后，不亦乐乎，会议结束聚餐后公司中层去KTV，正在他无微不至地招呼各位同事时，令人不堪的一幕发生了，与他比肩而坐的济南市场经理阿波（是位女性），趁他不注意，正在用他的新工装擦手，因为KTV里点了炒蚕豆、酱鸡爪等零食，可惜这一幕他看到了，他很惊讶，问：“你这是做什么？”阿波呵呵两声说：“看你衣服挺新，不由自主了。”出于礼貌，林二没有继续搭话，回到家发现新衣服上全是油乎乎的脏东西，女朋友告诉他：又是个红眼病，见不得别人好！

从那之后，林二明白了“红眼病”这个词，对于阿波却没有挂怀，只是告诫自己不要在其他人面前显示自己的优势，省的其他人像阿波一样，也正是因为如此，我才说林二是个君子，若换其他人，恐怕以牙还牙了。林二告诉我，在那之后的两年，他细心观察了许多身边的人，他惊奇地发现，真的是很多人具有红眼病，嫉妒心极强，比如，女人觉得谁的衣服比自己的好看了，男人看到谁的业绩比自己好了，哪怕奖金多了二十块钱，都能够引起神色上的“红眼变化”，他不明白人们为什么会这样，却不会相互祝福。

让他发火的一次是他用年终奖金给生活在农村的父母买了一辆电动汽车，害怕老两口风吹雨淋，结果买车的第二天晚上，电动汽车就被别人划了好几道伤疤，他和父母都明白这是有人嫉妒了，红眼病犯了，自己得不到也要弄坏别人的。林二感叹，原来金庸在小说里写的康敏（丐帮的马夫人）因别人衣服漂亮，妒忌心大发而剪碎了那件衣服，这样的事在现实中真的存在，他说“人心不古”。

类似红眼病的现象，经历过一点世事的人都能感同身受，在我看来古往今来一直没有更变过，大概古人的心也是如此，扪心自问，我们自己又何尝不是如此呢？嫉妒是人性里一个永远无法抹去的标记。

林二曾问我有没有消除红眼病的方法，我最终告诉他，可能这样的方法只能靠自己，靠自己内心的追求，追求不同了，比较对象自然不同，例如，你的比较对象只在自己的村子里，那么划车的情况在所难免，你的比较对象放诸全市，那么只有奋斗到那个级别了才会分高下，如果你的比较对象在全国，则格局便放大到全国，众多的小鱼小虾就不以为意了，如果你的比较对象放在历史中，比如跟某个历史人物比较，则成就自然会是超出时代的，如果我们全部的社会人员都能够如此想，则红眼病就会消失了。

当然这是理想化的状态，或许最终也只有极少数的人能够认识到并且去践行，只要自己能保证是其中的一员，就是值得庆祝之事了，社会如山，自然会有山谷、山脚、山腰、山峰，看你如何选了，一切逃不出心中所求。

《易经·象辞·蹇卦》说："山上有水，蹇；君子以反身修德。"在很多时候，我们往外看，自然有美丑善恶，而且这个标准只是自己的，看到的这些美丑善恶又催促我们做出相应的人性选择，是喜欢、是憎恨、是嫉妒、是妥协等等，如此反复，人生徒增不快，此时若能反身求诸自己、改善自己、提升自己，美好的德行自然就跑到身上来（一个人格局的变化往往与他经历的痛苦有关，这也是一个必然之路）。此心一改，则格局必大，事业自然大，进而能影响其他人，引人向善，也就少了红眼病了。

八、病夫

东亚病夫不见得只存在于历史和电影中，彼时是外族对我们的歧视；当今却成了部分人"自找"的标签，精神上的病是最可怕的病，病夫，从未走远，只是换了模样。

这些年国人最痛恨的一些人大概是具备"叫兽""砖家"头衔的人，诚然，这些头衔是极其难以取得的，论文、专著加上论资排辈，才能斩获桂冠，然而当他们一而再，再而三，三而千百次的戏谑大众的智商、奴颜婢膝地传达假话、忽悠大众时，他们头顶的头衔早已一文不值，我有一位独立作家朋友有次坦言："给我那个头衔，都觉得耻辱。我罗列这些没有贬低谁的意思，只是想说，最该有脊梁和气节的那个群体，病了，站成了一排排的病夫模样，还想传染周边的人。"

具体的事例，我想也不必列举了，但凡能够读明白文章的人，对时间轴上发生的一幕一幕都应该有些印象，甚至有些是深刻的，我想说说陈姐儿子的事情，他的事情没那么高级，还不到"叫兽""砖家"级别，但在我看来，那个更加严重，陈姐的儿子上初一，学习成绩很好，陈姐家属于中产阶级，条件也比较好，从小学开始就给孩子报了各种补习班、兴趣班，还参加过全国的比赛，有一天儿子跑回家给陈姐说："妈妈，我不想上老师的课外物理课了。"陈姐问："为什么呀？"儿子答："老师讲的自己都会，想听一些难的，老师却不讲。"于是陈姐同意了儿子的要求，但就在儿子告知老师后的当天，那位物理老师（其实也是班主任）就把陈姐的儿子从班里的"优秀学生群"（QQ群）中踢了出去，并且故意找茬当众批评了他，儿子委屈的回家告知陈姐，陈姐一家人最终选择了忍气吞声，不敢去找老师理论。

陈姐告诉我这件事之后，我下结论说，一定是老师少了不少补课费吧？陈姐点头，这一科每年三万，对于不缺钱的她来讲倒不是问题，而是课上不讲孩子想学的，全是些最基础的，说白了，就是只拿钱不出力！然而用陈姐的话讲：孩子还要再上几年学，得罪不起那位老师，很多人听后气愤不已，国家明令不许办这样的补课班，没想到还有人顶风作案，有恃无恐的原因是对孩子的威胁，这恰是家长的软肋。

这件事已经过去快五年了，后续的发展我也没再追问陈姐。在这五年之中，我有意无意地询问或者听到身边的朋友抱怨，特别是为师不尊的情况，我亦有做老师的朋友，再问他们，得到的回答也充满了无奈，大概的意思是，潮流把每个人卷了进去，若作特立，必遭排挤，我陷入了长久的沉默，知道我们都病得不轻，没了气节，少了操守，成了走肉。

有一天下午，朋友高三适先生送我一本他的著作《兹心不变为光明》，我在里边找到一个他提出的“十有说”，大意是做人要具备十种特质或追求，他收了一些小徒弟，不用交学费，这个“十有说”便是告诫徒弟们的，我看后觉得甚好，似乎又特别提气，隐隐有些革除“病夫”的意味，如果人们践行了，做到了，那真的便可以成就一个完美的人生，我索性抄列于此，大伙一起瞧瞧：

有挺直的脊梁，有清澈的眼眸，有临事的静气，有追求的果敢，有至死的热诚，有心底的纯净，有谅人的善良，有自觉的愉悦，有不移的深情，有有趣的事体。

他把挺直的脊梁放在了第一位，于吾心戚戚焉，这也该是一个民族、一个团体、一个个体该有的第一位姿态，只有如此，才可称有精神之我，而不是废柴，才可立文明之碑，而不是卑鄙，《易经·象辞·困卦》说：“泽无水，困；君子以致命遂志。”当人可以独存气节，为志节舍命时，虽死不病，若如前边我们共知或者我举的例子那样，虽不死，亦行尸走肉耳！

当然，我们不能只去谴责“现象”里的病夫们，会有如此的现象，究其原因，人人有责，若死，我们是自己的掘墓人，若生，我们是自己的救赎者，这是一个很大的话题，我这些文字说不清楚，谈不透彻，当我们反身自问，或者看看他人，昭然若揭，甚至已经渗透进了自己的血液，成了某种习惯，我想改变，我同样希望自己的后代和身边的朋友改变。敢于认输的人，输掉的只是从前，不敢于认输的人，输掉的可能是一生。

有病不可怕，只要我们有药；有病不可怕，只要我们心有光明；有病不可怕，只要我们还想继续生存，不管看它是病，还是看它是特征，还是看它是自然，我们人，这个高阶物种，能够做的、应该排在第一位的，永远应该是正视它、驾驭它，这一切，只会也只能从心里开始，一旦开始了，病便不再是病，它便真的成了一个简单的特征。

第四章　死

你要相信，死一定不是最可怕的事情，也一定不是最坏的事情，因为还有那么多人愿意主动选择“自杀”，死在某些研究里，被认为是一种新的开始，对接着天堂或者地狱，或者什么其他的东西。我们极多数人是凡人，所以对死后的事情无法掌控，能掌控的，只有活着的自己，以及选择死的方式，以及对待死亡来临时的态度和心情，这个非常关键，可惜不大有人去想，因此，多数人也是糊里糊涂地死，我希望做个少数派，不那么糊里糊涂，当死亡这个时刻来临时，能清楚、清白、清醒着，大概死亡就如睡觉一样了。其实，如果连死都看开了，还有什么事情不明白呢？

一、该死

“该死”是这个世界上最大的狡猾，如同“万死不辞”一个德行。

在一般状况下，该如何如何的东西，基本上是没如何如何的结果。生死之外都是小事，唯生、死是人生最大的两件事，那么，如果做错了什么，以最大的毒誓来取得对方的宽恕，莫有比“死”再大的了，于是，“小的该死”“我真该死”之类的话便成为最后一条，也是最快地一条求赎金线，被求的人，也不愿跨过这条金线，于是双方虚伪地重归于好，继续玩耍。

据记载，该死这个词最早出现于元朝关汉卿的作品《救风尘》，原话是：“我便有那该死的罪……”看到没有，这句话从语气和所要传达的转折主旨就是“我不该死”，所以，我把这句话当作世界上最大的狡猾。

狡猾到底好不好呢？咱们中国人的哲学如果概括起来就两个字，第一个：名，第二个：度，以思想最繁荣的春秋战国论，诸子百家所有的论述焦点最终都落实到了“名”上，关于这个论断，在民国时期的很多国学大师早已说过，我就不再赘述，通过“名可名非常名”“名不正则言不顺”就可见一斑。度这个字是在应用过程中体现的，那些诸子百家的观点理论，在实践中永远需要合理的“度”才会产生价值，我们以狡猾为例，从名的角度看，狡猾一般是贬义，是给坏人用的名，如果好人用，则叫智慧，小孩子或许会博得一个聪明的名；从度的角度看，蜻蜓点水的狡猾无伤大雅，恰到好处的狡猾能达成目的还显得机智，过分的狡猾就会人愤欲诛——总之，从“该死”这件狡猾的事上，得出“名、度”的应用法门，人们便可任意搭配，形成极其高明的说话手段。

吴大利刚毕业的时候应聘到淄博周村的一家企业，该企业在当地已经做了十多年，下属四家公司，也算有些规模，当时的公司名称已经升级为山东某某文化传播有限公司，大利在其下属的一家工商杂志公司做设计，刚到公司没几天，他就发现了有些不一样的地方，公司的副总，从公司一成立就在公司，接打电话时，张口闭口还是周村某某公司，下边的有些员工有时说淄博某某公司，有时说山东某某公司，他感到很疑惑，借机看了企业的营业执照，确实是应聘时的山东某某文化传播有限公司呀，另外对老板的称呼也有李总、李经理、李董事长之别，当时老板的名片职位是董事长，各个分公司也有总经理，于是吴大利在称谓上坚持以山东某某文化传播有限公司和董事长为准则，半个月后公司开会，老板大大地表扬了大利，对其他称呼不准确的员工提出了批评，说："我们的企业确实经历了周村——淄博——山东三个级别的变化，但现在我们好不容易升级到山东了，有的员工还说以前的公司 Title，这是自降身份，这样怎么能和外边的企业竞争呢？吴大利虽然刚毕业，但是这个小伙子从来没有说错过公司名和我的称谓，特别是那次四川客户过来，赵副总一个劲儿的喊我'李经理'，还是吴大利及时递上名片，以董事长称呼我，维护了公司形象，在企业内部我们可以不计较，但是对外却是形象问题，小中见大，不可忽视！"

你看，在"名"这个层面上，大利的有心获得了青睐，不久他便被提升为董事长秘书，在那个职位上，他又打了一个“度”的漂亮仗，他发现公司虽然下辖了四家企业，但是管理和业务交叉上存在不少纰漏，于是，他认真研究参考了一些管理资料后，给老板提交了一份“企业管理调整建议书”，高度站得很高，已经超出了秘书的职权，但出于特殊身份和当时的闯劲，大利认真做了（其实那个时候他想辞职，公司有些混乱），不料老板看后，大加赞赏，任命他为改革策略负责人，得到了难得的一次历练和实践的机会。

当我第一次见到吴大利的时候，他已经是两家公司的老板，讲起这段往事，他感慨良多，我提到“名、度”的时候，他眼睛一亮，说：太精准了，立即邀请我去给他们企业讲课，想让自己的员工也能够获得这样提炼过的智慧，我对他说：“你真是得了精髓！”虽然这段文字开始时谈到“该死”，后边我提炼出了“名、度”，我想这样的思路更加开阔一些，不拘泥于简单的“该死”二字。从“名、度”我想到《易经·象辞·鼎卦》，这个卦的象辞里说：“木上有火，鼎；君子以正位凝命。”能够让一个人“凝命”以待的一个大前提，便是“正位”，从个人到国家，从历史到今天，这样的例子有很多，此时，狡猾便是智慧，该死，便成了为追求而使命，不因错而死，却因对而搏命。

此实为人生之大道也。

二、死得其所

上文我提到了使命，因之又想到“死得其所”，这个词很值得玩味，几乎我们每个人都是死得其所，但得其所的原因却不见得明白。

死得其所这个词按照成语词典的解释为：死得有意义有价值，是个褒义词。然而在我看来，死得其所在现实生活中最好是看做一个中性词，如此更加有实用价值，这是因为，死得其所有两种“死法”，第一种是有意识的死，第二种是无意识的死，有意识的死是抱有理想、使命、信念、追求而死，得其想得之所，无意识的死是昏聩无主、甚至敛祸上身，是不愿死而得死，是非得其所想之所。

这两个大的方面又可以根据每个人的情况分为不同的细致层面，广为人知的有“为革命而死”，有“为情而死”，有“为财而死”，有“为气节而死”，等等，我想更加清晰地说说“有、无意识而死”之间的区别，会在现实生活中引用两个例子，从现实中来，则更加贴近我们自身，更可借鉴。

先说一类无意识的“死得其所”，上厕所这件事在一个人的一生中必不可少，但绝不应该成为左右生命的一件事情，然而在现实中，放眼全世界，因为上厕所而“互殴”“群殴”“砍人”“杀人”“坐牢”的事例还真不少，寻求其原因无非是“谁先上厕所”，状况应该是大家都内急，都赶着去排放，挤到一起互不相让，于是用暴力来解决，事后又追悔莫及。我第一次听到这样的新闻大约是在七八年前，应该是春节期间，很多家庭到酒店吃年夜饭，其中有两位因为上厕所起了冲突，后来两家人一起上，抓凳子、摔酒瓶子，最后其中一位流血过多，不治身亡，我无法想象事后两家人的痛苦情状，只成为一个众人茶余饭后“因一泡尿而丢了性命”的笑话。

后来，在新的新闻中，在网络搜索中，竟然还有那么多因上厕所而致残致命坐牢的例子，我思索之后，给了一个结论：他们死得其所，其实也很好理解，发生这样的事情，无非是素质低下、自私自利、恃强凌弱的个人修养所致，说到底是“活该”；如果修养高，都温文尔雅，定不会如此。面对这样的结果，我不知道当事人有没有问过自己：一生所追求的结局是这个结果吗？

上厕所的例子只是一个缩影，还有很多类似的情形，人们偏离了自己的追求，或者说本就没有追求，那么，何时死、怎么死，都得其所，无复多论。

再说一类有意识的死得其所，这种情况的主人公一般都是有责任、有追求、有担当、有使命的群体，他们的付出，甚至包含生命，多数时候是心向往之的，不会因俗事所动摇，像“上厕所”这样的事情绝不会发生，我认识一位金先生，中华人民共和国成立前在澳门读大学，后回国出力，他岳母在东南亚经商曾留下两亿美金的遗产，但是金先生受到了极大的不公，光写检讨书就写了近二十年，遗产也捐了出去，和夫人一起退休，但他慨叹自己的青春没有奉献给自己的追求，于是退休后越发努力，潜心学术，每天早上四点起床，晚上十一点睡觉，把时间和精力都给了自己曾经的追求，几年下来著书七部，开拓出一个新的、自己独有的学术方向，他曾对我说：以前因为特殊原因自己的梦想没有得以实现，但心中还有那个梦，退休后条件允许了，只要还活着喘气，就该继续去追求，其他老头喜欢的打球、遛狗、旅游等自己都不喜欢，愿自己的有生之年，为死得其所的事情花掉剩下的光阴。我最后一次见金先生时，他已经 85 岁，在那一年因为常年劳累，血压突高导致偏瘫，他见到我倒是没有什么怨言，说自己已把全副精力给了自己的事业，这辈子心愿已了。

在《易经》里有个渐卦很有意思，渐就是渐渐的意思，《易经·象辞·渐卦》曰：“山上有木，渐；君子以居贤德善俗。”有德行的人总是在积极影响周边的人群，任谁都不希望自己是那些“上厕所殒命”的人，都希望能因追求人生的意义和梦想倾尽此生。人，一定是向好向善的，哪怕是自私状态下也是如此，死得其所，君子可为之。

三、怕死

华子的小女儿胆子很小，两三岁的时候，其他小朋友有的已经敢跳下台阶，她却不敢；有的已经敢摸邻居家的狗，她却不敢；有的已经能爬上爬下比大人都高的玩具碉堡，她却不敢……我对华子说：“你捡到宝贝了！”

《易经·象辞·震卦》说：“洊雷，震；君子以恐惧修省。”它的意思是讲，君子受到外部的恐吓，而能够自己反省以修持自己的德行，而不是冒进、孟浪。孩子年龄小，胆小不敢轻易冒进，说明她有沉着判断的天性，大人也是如此，君子不立于危墙之下，怕死——从来不是一件坏事情，生命那么宝贵，人岂可孟浪对待。而且从小过于“活蹦乱跳”的孩子，长大后有作为的很少，反正我身边的情况是这样。华子听我说完，心情舒畅，笑容灿烂。

死，本来就是一个不可预知的、长久的状态，再也无法重来，所以“怕死”是很正常的人之表现，从怕死到不怕死大概需要走很长的路，也分为很多类别，其中最好的一种，应该是对生命意义彻悟后的“不怕死”，我曾经很认真地思考了两者之间的区别，发现它们之间有三种可能情况，大众不出其概。

第一种，盲目型怕死，从未考虑过活着的意义，或者更加长远的目标，只是对死亡恐惧，这一类别是多数人很容易有的状态，特别是年龄不很大的时候，谈不上享受，也谈不上追求，就是活着，当然也不想死。

第二种，保护型怕死，有更长远的目标，更大的责任，更多的价值权衡，在一些特殊状况下，接近危险时，不孟浪嗨玩，避免危险，比如当年的韩信胯下之辱，管仲当逃兵都是这个类型，他们已经对活着这件事有了思考，并有自己的追求，怕死是权宜策略。

第三种，性格型怕死，所谓贵人性缓，考虑问题做事情总是慢条斯理，必得有了把握再一击必中，就像华子的小女儿就是这样的情况，这类人能敏感预知到危险信号，从而不去做危险的事情，比如不在将倒的墙下，不到没有护栏的高处等等，虽然这看上去缺乏挑战精神，但能笑到最后的往往是他们。

这三种情况外在表现都是“胆小怕事怕死”，而内心却大不相同，结局自然也不一样，沿着华子女儿的话题，我想起读初中时的一档子往事，那个时候调皮的孩子都学武侠小说里的样子，各立山头，结成很多“帮派”，各个派别之间时常出点冲突，六子是当时最大一个帮派的副帮主，但是他学习成绩很好，他有一个好兄弟小志，小志学习成绩好，但是从来不参与那些孩子“帮派”的事，因为六子的原因，学校里也没人欺负他，小志是我的后桌同学。因为离得近，聊得便多，有一次六子来找他，我们两个班挨着，六子隔窗喊小志，小志便出去了，过了不到五分钟，小志便回来了，心事重重的样子，我没有问他原因。第二天，六子又来找他，但脸上明显肿了一块，小志匆匆离开，直到晚自习时才回来，我问他怎么了？小志抬头看了我一眼，又低下头，过了一会儿才告诉我这两天发生的事情。

原来，六子得罪了一个高年级的人，他们那天约定要打他一顿出气，六子也默认了，于是想拉着小志一起去，一来为壮胆，二来如果对方不讲理可以有个伴，小志一听，感觉事情不会有好结果，也不想让家里人担心，于是拒绝了，六子便找了另两个朋友同去，结果那天对方果然说话不算数，本来说好只打一顿六子出气，现场却把跟着他去的人都打了，十几个打三个，其中一个还骨折了，六子又来找小志，是去看望另外两个同学，小志不参与，却很讲情义，给他们买了一些慰问品。实际上，那时一个中学里的学生都是周边十几个村子的孩子，彼此都能搭上关系，事情过去了，大家也就逐渐淡忘了。二十年后，小志已经被国家委以重任，而当时在学校里“风云叱咤”“胆大包天”的孩子却毫无作为，甚至多数成了胆小如鼠之人，见个镇长都不敢说话，不禁让人感叹。我曾经问小志，是否还记得那件事情，他说忘记了，但他和六子的友谊一直很好，过年回老家时会聚在一起，现在六子给木器厂做工人。

小志还曾提及，那时的孩子胆子比天大，有的随身带着刀，手上没轻没重，六子每次约他，他基本都是回绝，心里也是忐忑害怕的。我搜刮枯肠，也只能拿他们的故事做例子，有一些比较大的事情和人物在“怕死”问题上的做法，都不能说，我想你是能意会，只求以小见大吧，趁机可以思考一下自己的状况。

四、死扣

国人乐于系活扣，很少系死扣，活扣是余地，死扣是决绝。历来我们能够读到的处世哲学就是：话不说死，事不做死。如此，既不得罪人，又不会为后来的携手机会设置障碍，于是乎，大家都转着弯子说话、做事，所谓听话要听音就是这么来的。

然而，这样就真的好吗？我发现了一个现象，年龄越大的人越讲究这个，随着 80 后、90 后、甚至 00 后逐渐走上时代舞台，他们反而更加直爽，不喜欢绕弯子，即使说了不中听的话，彼此也很少记仇，这样做的结果是：效率更高了，关系更纯粹了，人前一套背后一套的情况少了，我说：聪明的死扣是社会进步的阶梯；另外，还有一个现象，在我们普通老百姓的生活中，境界越高的人越干脆直接，甚至常常打死扣。

我的好朋友高三适先生给我说过一个亲身经历，他在某些圈子有影响力，常帮朋友站台，有一年一位朋友介绍自己的一位友人与之相识，那是一位风水先生，听说道行很高，高先生便只当朋友相处，事情发生在第二次会面，地点在他们一位共同的朋友那，当时有四位企业老板在场，他的那位朋友提议：为了帮助风水大师推广，邀请高先生作为推广大使，如何如何……在那种情况下，即使不喜欢，最巧妙的回绝方式是说考虑考虑，但高先生没有那样做，而是直接拒绝，对大家说：自己不会主动把朋友约来批八字看风水，场面一时有些尴尬，那位风水老师见状，接话说“只要高先生来我们沙龙就足够了”，这相当于一个活扣，高先生见状，接着说：对自己的人生想得很明白，也不需要看。基本就是决绝的一个死扣，在场的都是成年人，见状便用其他话题岔开，这件事就到此为止了。

我问他后来的事情如何？他告诉我，八字风水自有其数理渊源，也曾与朋友的那位友人探讨过，不过自己是从哲学上去探讨道理，两个人之间并没有什么矛盾，回绝的也是真心话，不想让朋友不信而信，平添烦恼；那位风水先生在后来与朋友聊天时也没说过自己的坏话，相反却是肯定有加，君子之交淡如水，和而不同而已。听到这个结果我竟然也跟着开心起来。看得出层次高的人不在乎世俗的表达，他们的活扣是在心里的。

既然有在心里的活扣，必然有在心里的死扣，而且这样的扣一结，很难再解开，当然，能结这种死扣的人，在当初结扣的时候，必然也不会是多么通透的人，有一年我去齐齐哈尔办事，大学校友恰巧在当地，于是碰面喝酒叙旧，没想到他一喝就醉了，我看出有事情发生，他说他刚离婚不久，我有些惊讶，他也刚才结婚三四年呀！

原来，他的小舅子因为不满于他的一些做法，动手打了他，而且媳妇还从中帮了小舅子一把，所谓的不满意也只是一个受过高等教育和小学没毕业又不学无术的人之间的矛盾，或许也是日益积累的矛盾，他老家在南方，是落户到媳妇的城市的，于是，双方在心里都结了一个死扣，再也难以解开，和大怨必有余怨，死扣往往越抻越紧。虽说一个巴掌拍不响，但客观来说，主要的原因确实不在校友这边，很多时候层次不同的人真的无法沟通，人分三教九流，事情上的死结可能是无意打的，人心中的死结，却常常是层次不同的恶意纠缠所致，后来我们俩竟然达成了某种共识：与人交往共处，一定要先分辨、摸透对方什么层次，如果距离太大，要么及早断绝，要么敬而远之，否则死扣一结，人生便又多了一个仇人。

展现在眼前的两种情况，我们一生中都可能会遇到，可能我们的一生也会打无数个死扣，生活中的、心里的，伴随着全社会人性的逐渐通透和直爽，这些死扣也在发生着变化，我所希望的是——可以有死扣，那样会建立起自己的原则和社会生态，但在心里不要死扣，因为外界的死扣是围墙，内心的死扣却是自己的发展屏障。因此，我特别喜欢年轻的、直来直去的新生代，如果在这个事情上援引一些智慧，不妨用《易经·象辞·履卦》所言，它说："上天下泽，履；君子以辨上下，定民志。""君子以辨上下"是很高级的前提，只有辨清上下层次了，定民志才会无往不利，才会少结或不结死扣。

五、说死

说死，这个词不太引起人的注意，它可以有两个常见的用法，第一个："话不能说死"，在谈"死扣"时我提了一句，第二："我们把话说死了啊"，意思就是完全确定了，这两个用法根本上的意思是一致的，就是"不可动摇"了。

说死的基本含义是指"在约定某件事时的定数"，相当于契约，这个几乎也是我们中国人流行了几千年的东西，一诺千金便是对这件事的形容词。说死这件事情，如果能认真对待，则可能让自己扬名立万，如果"说而不死"，则可能无立锥之地，我们正处在一个特殊的历史时期，即"从信誉系统到法律健全的过渡时期"，身处这个时期的人们无法回避"说死"这件事，先来看看这个时期的两个端点。

信誉，说得浅白一点就是"说话算数"，古代还有"立柱取信"的典故，这在我们的社会文化体系里是"高标准"要求，因为如果说话不算数，国家也不会怎样你，只是口碑会受到影响，影响生意和做事，包括我们说的"君子"这个称谓，也是高标准要求的范畴，说死算数可以说是道德高地。与之相对，法律是最低标准要求，不能过红线，过了红线可以诉诸法律予以制裁，公平公正，按照这套体系，“合同”这个东西闪亮登场，法律标准的软肋是健全与否，社会上会有人通过钻法律空子的方式谋取私利。这两个系统比较起来，各有利弊，特别是对于中国人来讲，有时讲信誉的合作没有合同也顺风顺水，有时不讲信用的合作有合同也会控诉困难，因此，“说死”基本是流淌在我们民族血液里的基因，自有其可贵之处。

刘大哥是十五年前从潍坊来济南做生意的，那个时候他一无所有，用他自己的话讲，浑身上下除了穿着的衣服就剩“信誉”了，最开始他在一家建材企业做业务员，第一年他就做到了销售冠军，他曾自豪地对我说，这十五年的时间，自己从来没有遇到过“要不回账来的时候”，“自己也没拖欠过别人一分钱”，我问原因，他说“说话算数，一丝不苟”，我又问他销售冠军的事情，他告诉我，那一年的销售冠军销量里有一半的销量没有签合同，最大的一单是一百万，我问详情，他说，那家企业的老总当时忙着着急的事情，问不签合同先发货行不行，着急用，他就同意了，先后发了五十多万的货，这时候公司着急了，他便与对方老总商量能不能付款，那位老总说“汇款计划早就给你列上了，开发票吧”，皆大欢喜，后来他俩成了朋友，刘大哥也有了自己的企业。

回想这件事，他们彼此的触动都很大，他说了一句深刻的话“我的生意是与你企业做的，不付款也落不到自己腰包里”，聪明人不会干那样的傻事。我问他有拖着不付款的情况吗？他说当然有啊，但是自己从来没去催账，“他们有了自然会给，催多了不见得效果好，自己讲信用，对方也会讲”，就是如此朴实的做法，以“信誉”作为最大优势的一个人，从一穷二白，快速取得了成功，而且在这座城市建立起了自己牢固的人脉圈子；相反，有些张口闭口“合同”的人，烂账不少，也没有博得人际关系，刘大哥很好地诠释了“说死”办事的智慧，信誉不会贬值。

当然，援引这个例子不是教人不签合同，合同当然是要签的，这毕竟是法治社会的最牢靠的保障，刘大哥的经历是对信誉的诠释，是“说死”的社会表现，在有些时候依然适用，甚至是闪光点，我们假设一个例子：在每次与人约定事情时，假如你都说一句“那我们说死了这样定”，然后每次都百分百做到，哪怕只是守时这一件小事，不消几次，他人就会对你“说死”这个行为产生极大的信任，必以“靠谱”论之。在这种追求高标准的思想指导下，必能产生“君子”，从历史的经验看，无论哪个行业，最终能够流传的大多是这个方式，《易经·象辞·颐卦》说：“山下有雷，颐；君子以慎言语，节饮食。”谨慎说话，说话算数，是君子所为，也是构成君子的一个因素，这既是在考量我们自己，也是在考量整个社会，越多人如此，越接近和谐，温良恭俭让，必以“信”开始。

六、作死

作死首先应该是一种勇敢的精神，其次才是不计后果的莽撞。

不知从什么时候起，身边开始流行“no 作 no die”的调侃，但终归是流行起来，迅速爆出很多“不作就不会死”的案例，比如挑战熬夜、挑战飙车、挑战稀奇食物、极限运动，等等，古代这样的例子也不少，如秦武王、晋景公、弥衡、明武宗等，都因不断做出格的事情而最终不得善果，作死用都听得懂的话说，就是瞎折腾，显然，折腾分两种，也就是我开头说的那两种情况，老话也讲“富贵险中求”，险，就是作，是否得富贵，则要天时地利人和的配合，天时地利客观存在，能否得善果的关键便在“人和”上，也就是折腾这件事是“瞎折腾”，还是“合理折腾”。

作为勇敢精神的表现，第一个吃螃蟹者，第一个试飞飞机成功者，第一个乘船渡海者……他们都是人类进步的纤夫，如果没有这种精神做牵引，则我们的生活恐怕还处在茹毛饮血的时代。我们有位老祖宗就是这方面的典型代表，就是那位“尝百草”的神农，要判断一种草是否有毒，是否对某某疾病有帮助，不吃，不硬着头皮吃，是绝难得到合理结论的，这进而又可以谈谈我们的中医，社会上有个笑话：当西医实在治不好的时候，医生会语重心长得说“去试试中医吧”，这句话所传达的意味深厚，有一层是对中医神秘作用的肯定；中医是“经验”医学，说得残酷一点就是，中医的各种治病方法是“拿活人试出来的”，经过长时间的积累而成；小时候我们村就有这么一位赤脚医生，医院里看不好了就去找他，他舍得用狠药，方子都是现琢磨而成，结果常常能成功，被称作“神医”。从这些可以想见，医生和病人都可看作“作死”的折腾者，成功也好、失败也好，最终的结果——是让我们整个人类都能受益、进步了。

不作死，不进步，在这个层面上的折腾，都是征服困难角度的，人处地球上，各种威胁环伺，若无此精神，早已绝种。

作为莽撞的“折腾”就真的成了作死，自食恶果也是早晚和活该的事，这种情况一般是无知者无畏的表现，甚至带有自虐倾向，例如网上曾经有一段时期出现了很多“手劈砖头”的视频，于是乎有些小孩子就模仿，严重者导致骨折；又例如曾有媒体报道有人徒手用手指头去逼停电风扇，导致手指废掉；更加有故意尝试不能共食的食物在一起同吃，观看中毒反应等作死行为。我们可以看到这些折腾没有任何的进步意义，既不是科学探索，也不是追求梦想，应该严肃抵制。

因此，两种折腾相去甚远，有的要勇敢去做，方不负人生，有的要防微杜渐，以免造成恶果，这两者的区别最终在人心所向，若人心中有明确、积极、进步之目标，则当大力去“作”，犯错不要紧，试错也是取得成功的必经之路，若人心中是迷乱、消极、退步之情况，则当及时调整、扼杀。

路怒症是当今社会一个普遍存在的现象，而且一般坐在车里的人情绪会立即变躁动，一旦遇到特殊情况若处理不好，便有可能酿成大祸。有一次在秦皇岛打车，我遇到这么一个小伙子（司机），大概是刚遇到什么气愤的事情，一路上气鼓鼓的，恰巧那个时候是行车高峰期，超车的、加塞的、鸣笛的各种情况都来了，那位小伙子也猛踩油门，加入“争道抢行”的行列中，遇到同抢的，他就骂骂咧咧的，我劝他慢点，不见什么成效，就在路过一家医院门口时，另一辆出租车与之抢道停车，刮碰在一起，小伙子瞬间就怒了，下车与对方理论起来，我在车里看他们没说两句就打起来，当我扔下钱下车离开时，两个人都挂了彩，不少人围观过来。我把这个经历归到“作死”的范畴，是想引发大家对日常不当行为的思考，这样的行为肯定与刚才我说的那个心理有关，有则改之，无则加勉，终归不会亏了自己。

不作就不会死这个话题，我分为两个类别之后，也有朋友问我，如何区分，以极限运动为例，若挑战成功了，既证明了勇气，又为人类刷新极限做了证明，可能还会被载入史册，供人瞻仰，当然如果失败了，就有可能一命呜呼。我告诉他，这就要看每个人的追求了，极限运动，如果正视它，则是令人尊敬的事业，若不能正视，则有可能是孟浪行为，一切自在人心吧！《易经·象辞·既济卦》说：“水在火上，既济；君子以思患而豫防之。”如果人能够“思患”后而为之，一般情况下，坏的可被预防，那么这个人可以成为一个有作为的君子，我们这里所说的作死之举，便是勇敢人生之举了。

七、死心眼

心活事活，做事最怕死心眼。但真心成事，做事也往往最需要死心眼！

社会是个有机体，有时必须有严苛的制度，但有机体不是机器，也不会一直死板，会有权变的时候。比如，同样一个孩子，你今天表扬他了，明天却可能批评他，如果只知道某一种原则，而不懂得权变，那么在现实中就很容易把事做死（失败），对自己和集体都不是最佳结果。死不死心眼，成为一件需要智慧权衡的事情。

刁大厨现在是杭州一家酒店的总厨，我和他认识已经六年了，他给我说过一个他刚入行时的例子，并且教育属下：千万不能死心眼。在十多年前，他刚刚开始工作，当时在一家高级酒店负责一个灶台，每天都有一个时间是最忙的，忙到整个酒店没有闲人，忙到每个人很容易出错，酒店的出菜流程是：前厅点菜员点完菜后，后厨就会收到菜单，每个灶台领取自己的菜单，照单做菜，传菜员再上菜。程序很简单，却容易忙中出错，那天师父不在，他就自己掌控作业，巧的是，前厅的一位点菜员因为疏忽错点了他的菜品，按照规定，上报后点菜员会被罚款，他当时想“公事公办”，此时犯错的点菜员请来了前厅主管求情（前后是两套系统），那位主管已在店里工作多年，对刁大厨说：“她被罚款，你得罪人，都不是好选择，不如这个单按废料处理，你划签一下就可以，都是一个单位，相互也好照应，不要那么死心眼……”最后他是按主管的意见办的，虽然一开始的时候，他也执着地要上报，责任本就不是自己的，但主管的一番话，他还是默认了，一盘菜的事，如果按配料，简直可以忽略成本，两害相权取其轻，最后证明，他做了一个正确的选择，可能有人会说“那酒店的损失呢？”之后，点菜员很卖力，积极推荐（每个灶台也都有提成），客人多点了几次菜，酒店自然相应增加了收益；试想若不是这样，大家的情绪受挫，人人都是输家。

无须讳言，在社会工作生活中，刁大厨讲的这件小事情时有发生，这几乎是中国人已经流淌在血液里的智慧，不较真，不死心眼，任何事情一定有一个最好的解决方法，若是死心眼，吃亏的终归是自己。当然，事分两面看，还须就事论事对待，有的时候，死心眼的做法又具有不可替代的价值，刁大厨那次其实扮演的是一个决策者的角色，还有一些情况，当事人只能而且必须是执行者的角色，甚至不能有自己半点的主观能动性，必须按照原则、章程办事，否则就会出乱子，比如守仓库和站岗守大门这样的工作，必须得一根筋才是好同志。

我曾经请孩子幼儿园的门卫大爷吃饭，原因就是他的“死心眼”，事情是这样的，我因为工作的原因，极少能有机会去幼儿园接孩子，偶尔有一次机会，便匆匆赶到学校，正当要进门时被一位门卫拦住了，他要我出示“接送卡”，我那时才突然意识到没有带着“接送卡”，学校规定必须刷卡进出，那位门卫大爷又从来没见过我，虽然说明了情况，但大爷还是坚持原则，不让我进，当时虽然着急却也束手无策，学校为了孩子的安全

那样做是对的，最后还是通过打电话的方式请孩子的老师把孩子送到门口，再三确认过我是亲爸爸之后才放行，那一次经历，让我对孩子幼儿园的安全措施敬佩不已，并对门卫大爷产生了极好的印象，于是特别约了一个时间，请他小坐了一次，约其出来的目的是想确认一下他的“死心眼”是怎么做到的，是不是另有原因？

门卫大爷姓周，老家在徐州，人老实本分，不善言辞，当我提出疑问后，他断断续续说出了两个让我记忆深刻的因素：一，自己也有孩子，将心比心不能出差错，新闻上出现的拐骗儿童的事绝不能发生；二、工作上规定是这样的，就

得一根筋执行到底，自己也没有什么其他长处，坚守住这样的原则就是这份工作最需要的价值。

周大爷的这几句话，常常让我警醒，他对工作用了真心，工作需要他死心眼，于是他做到了“真死心眼”，对孩子家长而言，便成为了最值得信任的人。《易经·象辞·睽卦》说：“上火下泽，睽；君子以同而异。”对于死心眼这件事情，“以同而异”是最合理不过了，坚持原则的前提下，知进退、懂权变，则事无不成。

八、好死不如赖活着

老人常说：“好死不如赖活着。”

也有很多人感叹，活着还不如死了好。一个是千年经验之谈，一个是切实生活体验，若认真比较起来，好死不如赖活这件事，唯一决定因素就是“时间长度”，与之完美相配的一句话是：时间将改变一切！活着就有希望，也只有活着才能改变“赖活”的现状，而好死这件事，只会在一瞬间发生，发生了也就意味着“定格了”，再不可改。

在聊天中，曾与很多朋友都有共识，我们都会迅速后悔于前边所做的决定，工作、生活中比比皆是，最简单的如说了一句欠妥的话。我们的时间是线性的，人类被拘束在这个三维世界里，时间不可逆，只有死亡是结束点，说得无情一点，这个话题跟“好死”或“歹死”没什么关系，问题只集中在一个点上：赖活怎么活？

军哥比我大三岁，是一个极好的人，对人客气，对朋友热情，对事业也用心，可就是折腾了很多年，做什么都不成功，甚至可以用“一事无成”来形容了，在山东聊城那个不算大的城市里简直快成了“废物点心”，废物点心这个词是他媳妇说的，衣食住行几乎都靠他媳妇，军哥倒不是好吃懒做，相反却很积极，他曾经开过饭店、做过烧烤，失败了；也曾做过淘宝店，折腾几年，失败了；后来做过绿植生意，刚有起色就出了岔子，失败了；中间又贩卖过水产和水果，失败了……前前后后做了不下十个项目，最终没有一个成功的，一分钱不赚不说，还往里贴了不少，出去找份工作吧，从发展看更加没有出路，加之他结婚晚，孩子小，在他36岁的时候，女儿才上幼儿园，本来就没有收入，便在家做起照顾孩子的工作，有一次他同我讲——大概是压抑很久的缘故，有些悲观——如果不是孩子，自己都想自杀算了，被人瞧不起，连自己都没了一点希望，我安慰说：好死不如赖活，人这一辈子就该多试试，以前可能只是不对路。

一转眼大半年时间过去了，军哥忽然给我打电话，说有空去他那玩，我答应下来，过了几天恰巧出差路过聊城，便约了他一起吃饭，他执意要我去他家，推托不开便去了，到了才知道，他要我去他家的意思，他终于取得了成功，虽然成功不大，却可以看出生机勃勃的状态。原来，他从接送孩子上下学的事情中得到启发，自己家门口就是幼儿园和小学，便做起了儿童陪护的工作，也就是做孩子放学到晚饭之间这段时间的陪护，兼一些学习辅导，他本就是个耐心的人，特别招孩子喜欢，他所做的也是个具有刚性需求的市场，没想到，一做竟然活了，第一次招生就超过了二十个孩子，我和他碰面的时候，他已经扩大了营业面积，有将近七十个孩子，利润竟超过了十万，在聊城算是不错的收入了，更令人高兴的是，军哥已经盘算好了下一步的经营计划，准备做成连锁，他已摸索出了成套的经验。

在回来的路上，我想起曾经安慰他时说的话：好死不如赖活，人这一辈子就该多试试。“赖活”的真谛就应该是“多试试”，当一条道实在走不通的时候，或许这条道不是最适合自己的，但只要活着，就有机会和时间去试试其他的道路。人的一生像一条抛物线，每个人的抛物线都不一样，有的人波峰出现在前边，有的人波峰出现在后边，还有的人波峰像波浪，要经过几次的起伏……

世间的道理，本来就遵循“变化是最大的不变”的原则，《易经·象辞·解卦》：“雷雨作，解；君子以赦过宥罪。”本身这一卦就是讲君子在灾难之后的正确做法，不该拘泥于困难，我想也很适合好死不如赖活的“赖活新解”，在无能为力时，在走投无路时，换一个方向试试，再换一个方向试试，时间会在某个节点给你想要的答案。

死，这件事情国人都不愿意多谈，就连这个字都不轻易出现，国人觉得晦气，但是死又是绝对无法避免、迟早要来的，对每个人来讲都是天大的一件事，英雄伟人的死往往被足够重视，树碑立传，轰轰烈烈，普通人的死虽然无声无息，但也会牵动亲朋好友的心；另外死又是一个极广范畴的、极长时间的仪式，死后自己坟头还有后人烧纸悼念（大体相当于打电话慰问），因此，死以及与死相关的社会内容都是大事，都是应该用智慧去应对的大事，死也被当作了人生一大苦，实则苦的是活着的人，自己早一了百了了，一言以概之，只有认真对待死，才能认真活。

第五章　爱别离

有人曾经总结，人这一辈子的痛苦基本可以分为两类，第一类跟钱有关，第二类跟情绪有关，情绪里边排第一位的是爱情，或者说与爱相关的情，想来这个说法还真挺靠谱，人生下来无非是动动嘴、动动心，实在动不了了，就该去另一个世界了。之所以爱情能排在第一位，是因为这个东西是保障种群延续的需要，食色性也，说白了终极目标都是为了不绝种，那么与之相关的各种分分合合、悲悲喜喜，必然开枝散叶，形成人生的血肉，填充成一个完整的自己，无论是谁，都可歌可泣。

一、爱情

人的一生，整个过程就如一次花开，最美的时候必然是遇到爱情的岁月。但爱情的样子却不尽相同，甚至千奇百怪。有轰轰烈烈的，非得寻死几次才行；有平平淡淡的，锅碗瓢盆就是交响乐；有一见钟情的，千万次的擦肩中偏偏喜欢你；有老牛吃嫩草的，世俗的眼光等于狗屁……听别人的故事总是各有美丽闪烁，哪怕是苦涩，站高了看，人生无憾。

我想了很久，想过很多，最终明白与爱相关的情都可以串联起来，像车轮一样，最终碾压为依依不舍的亲情，这个过程大多数人都会经历，大致与下边的几种情况有关：

（一）爱情肯定与性有关，毕竟爱情的结果是繁衍后代，避不开性的话题，我们这个时代正在经历“性自由”阶段，甚至有些泛滥了，自己第一次对性有认知是小学的时候，和另一个同学不小心闯进了一位女老师的房间，她正在洗澡，我第一次见到女人裸体，影像挥之不去，以至于后来看到狗交配都脸红，后来有段时间还染上了手淫的习惯，我们社会的“性教育”几乎是缺失的一环，有人开玩笑说，我们的性教育是从岛国的爱情动作片里学到的，我也曾是其中一员，回头看看，竟不觉污。

（二）暗恋往往是开始，我暗恋了很久，甚至换过几个暗恋对象，应了那句“人这一辈子会喜欢好多人”的话，比如同桌的你的“荣儿”，比如罩着我的小姐姐，比如大学的女老师们，我一直个性张扬，但暗恋这件事却密不透风，真的是在心里偷偷进行。暗恋没有成为明恋大体有这么几个原因：第一，胆子还不够大；第二，世俗约束过紧；第三，关系不宜公开；第四，年龄小到还没有谈恋爱的资本。这几点几乎都是我暗恋阶段的写照，总之，闷骚了好几年，最终没捅破窗户纸，但是，暗恋也是爱情的开始，全当预备研习了。

（三）初恋是最纯粹的爱情，又甜又涩还无理取闹，但彼此都觉得已经爱得“刻骨铭心”，我的正式初恋发生在大学，又短暂、又浪漫、又刺激、又跌宕起伏、又无可奈何、又命中注定，最后两个人没有走到一起，却让我胡编乱造的写成了一部中篇小说《红枫归来》，这篇小说2002年获得山东省“驻济高校征文”特等奖，2003年被《青春读写》选载。我想，我对得起那场初恋，那场初恋也对得起我了。关于具体的细节和人物自己也不想多说，或许不说更加美好，那些故事本就不是这本书的调调。初恋的人在那个过程里总会“用力过猛”，所以无论彼此发生过什么，能让爱情结果的却少之又少，所以，我在那篇小说里引用姐姐以喝茶开导我的话：别这么猛灌，茶是慢慢品的！

（四）真命天子（皇后），当然在进入这个话题之前还应该有“失恋”的环节，这两个字不可描述，请原谅我一笔带过了，失恋过的可自行脑补，没失恋过的，看你心情可以试试，没坏处。能走入婚姻的两个人都是彼此间有极大造化的人，如果仔细玩味，很有意思，你想啊，两个天南海北不认识的人，突然在一个锅里吃饭、一张床上睡觉、还一起造小人了，怪不得都冠以“真命”二字。结完婚不代表就结束了，后边还可能会有七年之痒、婚外情、离婚等等状况，再回首已是“千劫万劫身”，等这些都度过了，才会进入下一个阶段。

（五）老伴，在前文中我谈过老伴的话题，进入这个段位之后，一般人都认为“爱情”已经转化为了亲情，而且是你中有我我中有你的状态，接下来的任务基本脱离不开抚养子女、天伦之乐、最美夕阳红、谁先送谁走的范畴，等到这一辈子尘埃落定，基因和血液已得到下一代、下下一代的流传，他们也各自描绘着自己一生与爱相关的故事，成为老伴的两个人正式进入历史，挂在墙上，特殊节日里，后代们烧纸纪念；如果把两个人这样的经历扩大到整个民族、整个人类，便构成了繁衍机制，爱情是这个序列里最美的一次闪光，也是一切的导火线。

也有很多人用化学的方式分析爱情，认为不过是彼此间的化学反应，我却非常反感这样的描述，道理很简单，一是因为爱情本来很美，二是因为如果是化学反应，为什么你遇到那么多人却偏偏与她（他）起化学反应呢，人是动物，但是不该把自己当动物来研究。

这一篇短短的文字，我锁定爱情，又囊括进了亲情等其他的东西，是因为它们本身就是一体，就是一个东西，只不过爱情是一切的开始和导火线，我们人类，因之灿烂、不竭！《易经·象辞·无妄卦》里说：“天下雷行，物与无妄，先王以茂对时，育万物。”正是大义所在也。

二、爱物

人除了爱人之外，还会爱物，比如一件衣服、一把茶壶、一张画、一只手镯、一部车……爱物没有错，容易错的是，千万不要“伺候这些物”，所以老子说：“甚爱必大费！”甚爱就是特别爱，发疯爱，忘我爱——总之，甚爱，是个坑，自己挖的坑，不但会大费，搞不好会使自己报废，先人说，我们一定要“役物”，不要“物役人”，可是真做到的没几个，多数人的情况是因这个“甚爱”而掉进自己挖的坑里，伤痕累累、不得善终。

我认识一位“蒙派营销”的风云人物，蒙派营销曾经有一段时期占据了全国过半的市场份额，横跨了很多行业，素以“猛准狠”著称。这位风云人物当年起步很早，所以市场做得大，钱赚得早、赚得多、赚得轻松。据说20多岁的时候身上就有一千多万现金，我认识他的时候已年过半百了，听朋友说那个时候他所有的资产只剩下了一套房子，其余的钱都因为太爱“石头”而败掉了，太爱石头？我初次听到时充满了疑惑，石头到处都是，即使是喜欢文玩石头，也不至于败掉那么大的家产呀？朋友告知，他爱石头刚开始也只是买些玉石之类的把件什么的，可后来就迷上了，再后来开始“赌石”，曾一次性赌了二千万的原石，结果打了水漂，最后上瘾到可以不吃饭也得研究石头，家人也没办法，自然没几年工夫，做生意赚的钱就都扔进去了，真是“大费”啊。我听后立时哑然。

我是在兰州见到的这位前辈，有些憔悴，但一谈石头还是满眼放光，在告别离开的路上，我忽然想起古代的一个故事：故事说商纣王刚继位的时候，并无荒淫之象，可是有一天，他忽然拿出一双精美的象牙筷子，请大臣们观看，大臣们多数只知赞叹，只有他的叔父箕子面露恐惧神色。退朝之后，有些大臣便问他缘由。箕子说："我看到了这双筷子，担心纣王会变坏呀！""这样好的筷子，纣王肯定不会把它放在土制的碗罐上，那会显得难看，它该配上一些玉制的碗碟，有了玉碗、玉杯，他必然要在这样的碗碟里装上旄牛、大象、金钱豹的胎来吃才感到有味，也肯定不会再愿意穿粗布短衣站在茅屋草棚下进餐，他就会要人费时织衣，费人盖房，而锦衣广厦了。人们若对他不满，他就会镇压，必然变得残暴，导致亡国。"

后来纣王残暴、武王伐纣的事情大家就都知道了，正如箕子所说，因为一双筷子，纣王丢了整个天下，甚爱造就了一个暴君。

我不反对爱好，甚至特别推崇人一定要有爱好，但热爱不同于甚爱，甚爱是爱得过了头，特别是对一些物件，本来它们是服务于人的，一旦甚爱就成了人服务于它们，人成了奴隶，试想，奴隶哪个得到好下场了？就如当下"盘手串"热潮一样，不少人花大价钱买来，用鹿皮、用细刷、用上班时间来使其漂亮，"盘玩不停"，一时间手串比亲爹重要。

我在大学里办文学社团的时候，有一个学弟，本来天资聪颖，写得一手好文章，曾经被他们学院称为“小曹雪芹”，可是没过多久他就在我们社团消失了，当时我还想培养他进入学生会（我曾经把全宿舍的人调教成学生会干部），还没来得及行动就找不见人了，再一次得到他的消息是见到“勒令退学”的通知，原来他迷上了一款电脑游戏“CS”，爱到什么程度呢，四点可以概括：学费拿来上网打CS；不再上课，几乎全部挂科；女朋友也不谈了；一个星期七天有六天泡在网吧打游戏。我也玩过那个游戏，虽然也迷上了一段时间，但像他这么投入的还是第一次遇到，多年后，这位曹学弟对那段往事特别后悔，说自己着了道，毁了当年的学业和自己的青春。

《2012》那部灾难电影上映的时候，我恰巧被朋友请去做了一场演讲，在那次的演讲里，我提到了“甚爱”这个观点，那天听讲的都是刚毕业的学生，我总结性的说，但凡“太过”的东西和行为一般都是有毒的，不是现在中毒，就是未来中毒，可以喜欢，但需要掌握好度，《易经·象辞·小过卦》里提出一个标准“君子以行过乎恭，丧过乎哀，用过乎俭”。这个标准应该可以作为“甚爱大费”“甚爱害人害己”的克星。其实老子在“甚爱必大费”这句话后面还有一句：“多藏必厚亡”，和甚爱的道理相同，都是警惕人们不要因此做傻事，因此办坏事。此两句话，我深以为然，不光对物，对人情同样受用，常以为处世之宝。

三、爱面子

爱面子是个技术活，脸皮太薄成不了大事，脸皮太厚交不深朋友。

虎子是我小学里最好的玩伴，我们俩曾经度过了一起“骑猪上学”的快乐时光，我们都属于上课调皮，下课打架的孩子，一个家在村东头，一个家在村西头，一起上下学，一起逮鱼虾，后来他没有考上初中，便去当学徒做汽车修理工了，一晃就是好多年，听说他去了上海，在他每月拿三千块钱工资的时候，我们在上海见了一次面。

将近二十年没见，除了当年的情谊，一切都变了，我胖了，虎子也胖了，两个人看上去都老了，虎子一直没有结婚，一是没有合适的对象，二是不愿回到老家那个穷乡僻壤，三是没有足够的钱，在上海这个大都市，每月三千多块钱的收入只能说勉强活着，加之自己也没有特别大的竞争优势，所以根本没有什么发展机会，可是虎子就是不愿离开上海，而我那时也帮不上他什么忙，我所熟悉的行业，他极度陌生，入行似乎也已过了最佳年龄，或许上海的霓虹灯可以为他带来一些慰藉，看看，已足够温暖内心。

叙旧之后，虎子非要请我吃饭，当时我还带着家里人，我推托不必了，或者他跟着我们吃，可是从小就改不了的倔脾气，以及他不是上海人的上海人身份——“你来上海了，我必须尽地主之谊”——他太要面子了，看得出他怕我这位童年的玩伴瞧不起他，这种情绪几乎发生在很多多年旧友又长年不见的朋友身上，最后他吵嚷：“不让我请你吃顿饭，我们朋友就别做了！”我拗不过，只得顺从。那天晚上我们吃饭他花了 2800 多块钱，几乎是他一个月的工资了，我心里酸酸的，与他再见时手握得很紧，却没说什么话。

人们爱面子，甚至死要面子，却又时时宽慰自己“面子不能当饭吃”，爱面子这件事已经成为某组基因片段，只要降生为人，便会表达出来，爱面子是自尊心，爱面子也是虚荣心，自尊和虚荣之间，谁又分得清道得明，我曾想，如果我们都能客观公平，去多补缺，是不是就不会因为面子而自找苦吃，谦虚这个词，不是在多的时候不显摆多叫谦虚，也应该是在少的时候不冒充多，更是谦虚，《易经·象辞·谦卦》说得很到位，它说：“地中有山，谦；君子以裒多益寡，称物平施。”“称物平施”真是高深又平实的智慧，可以纠正死爱面子。

爱面子的人多数脸皮薄，这样做起事来成功几率就会降低，所谓会哭的孩子有奶喝是也。仇老板刚做业务员的时候就是这类情况，第一个月、第二个月、第三个月颗粒无收，老板差点把他开除，他告诉我当时连开口说话都脸红，之所以选择做业务员是因为以前做设计工资太低了，想赚大钱，结果脸皮薄的差点连饭都吃不上；他的第一次成功是在河北衡水，在一家大经销商门口转悠了一整天，没好意思进去，还是那家老板看他有事的样子请他进去谈的，可能出于心软，竟然谈成了，他的那位客户告诉他：你该脸皮厚点，大不了大家不合作嘛，我们又没仇！从那以后，他逐渐克服了自己这个缺点，而且每每开口说："我姓仇（QIU），我们没仇，或许可以一起发财！"竟然能一下拉近和对方的距离，再后来他就创办了企业，经常把自己

的故事讲给员工听，他说那个时候才明白了"面子不能当饭吃"的含义。

相反，太不要面子也不行，那样容易惹人生厌，而且交际层次很难提高，老想见缝插针，不该去的饭局硬去，不该露的脸强露，别人表面不说，内心里却很排斥，我们圈内有个"元总"就是这类人，在辽宁的一家企业挂职山东地区副总，可以这样讲，他比国家领导还忙，忙的什么呢？到处参加各种会，聚会、宴会，而实际上大部分的活动并没有他什么份，是他自己硬挤进去的，人家又不好意思拒绝，能抓住一点机会和线索，就绝不放过，一年到头还从不请客，在圈里的名声越来越差，可能不熟悉的人刚开始会给些面子，一旦了解了内情，便都敬而远之，江湖上便有了一个"二皮脸"的诨号。

从这些不同人的表现和结果来看，我给"爱面子"一个客观的评价就是，练好技术，驰骋人生，技术不过关，无异

给自己挖坑!

四、特别

特别的人，才值得尊重，特别的人生，才拥有精彩。

有一个不得不说，却又残酷的现实，历朝历代都在用某种方法或者体系，让人民过上“想让他们过的生活”，通俗点讲，就是要你过“标配”的生活，甚至你自己都认为那是最好的生活。比如，上多少年学、什么时候毕业、什么时候买房、什么时候结婚、什么时候退休、什么是好学生、什么是好工作、什么是好职业、什么是成功、什么是铁饭碗、节日怎么过、婚怎么结、业要不要创……几乎所有事情，都有一个既定的标准，这个标准大众都跟风式地觉得对、觉得好，人与人的对话基本是：人家都那样，人家都有了，我也得……

可是，很少有人想过为什么？自己真正怎样做才舒服、才愉快、才有意义，所以“成为标配人生”就成了最终的奋斗目标，这个世界绝大多数是普通人，实现标配人生之后，也就顺其自然的成了“普通人”，只是，那极少数的不普通人，却因不想过标配人生而实现了不普通，他们很“特别”。

广夫人就是这么一个特别的人，从小到大不走寻常路，我与她相识是在北京 798 艺术区的一个活动上，她说“我叫广广，广大的广”，年纪轻轻的一个小女孩放弃了“铁饭碗”，摆脱了来自各方的阻力，创办了一个茶品牌，做得很起劲、快乐，但是不怎么挣钱！她告诉我那个时候不少人反对她的做法，说她“太特别了”，她按着自己的心去做事，一年的时间拿出一大半去周游世界，再把见闻融入到自己的经营中，以飨朋友，她会写成文字凝结自己的思想，她也会贴近艺术提升自己的产品，她更加会说走就走只为去拜访一位山间隐士……那么特别，又那么鲜活，在我眼中成为第一个生动的人，拥抱着自己生动的人生。

她的生活常常让人羡慕，我受她的影响也改变很多。当然，我们也因此损失了一些东西，也未向人说起，特别总该有特别的代价，我们安之若素，损失自然也就不再是损失。去年秋天我们带领一些朋友到云南参观我们承包的茶山，一行人有商人、有教授、有官员、有孩子，一路上大家最关心的竟然是“怎样过得特别而不恐惧”，我懂他们的意思，人言可畏、作息混乱、收入不稳，我们两个竟然不约而同地回答：心里怎么想的就去怎么做就可以了。后来我又做了更加丰富的申发阐述，下榻后认真罗列出来，有五条关键内容：

（1）世界上本来没有“特别不特别”的人，其实每个人都是唯一的，只是当人习惯了那种被架构好的标配生活后，彼此间的区别微不足道了，自然在比较中，那些坚持自己的人就显得特别起来，结论就是：外界的影响可以等于零！

（2）心其实是一个旋涡，当我们有主见且跟随心意前进时，这个旋涡会吸引周边的所有资源到身边来，跟随这个旋涡一起前进，而这些资源会成为帮助自己的台阶，所谓“你的方向对了，全世界都会帮你”就是这个道理！

（3）要想保持特别，或者说保持特别的生活状态，忽略世俗的条条框框和繁文缛节是实践的开始，经过多年的学习和社会磨砺，我们已经学到了太多的世俗套路，害怕错过每一个机遇，害怕得罪每一个人，其实，当你不特别的时候，根本没有那么大的权重！

（4）需要塑造出一个强大的、自己独有的本事，可以是事业内容，也可以是某种技能，最好是和你的真心喜好有关，这一点很重要，它往往是“生动的源泉”，能够让你独立的性格和行为有所依凭，外人也更容易捕捉到你的特征和魅力所在。

（5）需要有个好人品，不一定对谁都好，但一定要做到纯粹，纯粹和简单、幼稚不同，纯粹是“我知道要如此并且能始终如此”，例如自己知道直言不讳的代价是会得罪一些人，但却可以提高效率，可以不虚伪，于是你认真地贯彻直言不讳的法门，你心里更认可这样做的优点方面——这就是一个纯粹的表现，长此以往，凝结为坚不可摧的魅力标签。

当我阐述完这些之后，有几位朋友私下里找我，说“听君一席话”，感觉彼此的“朋友感情”竟然一下子深了很多，这可能是“特别”的力量吧，我连连点头，表示赞同，所谓“以友辅政”的最关键点是“朋友必须有可取之处”，那么这个可取之处，一定不是大众普遍具有的，一定是特殊的、特别的，《易经·象辞·兑卦》有言：“丽泽，兑；君子以朋友讲习。”则更加深刻，能够讲习者，必然是可师者，而“朋友”又不能全是老师职务，那么最合理的情况就是——

朋友有特别之处，是特别之人。

回到现实，拥有“特别”需要很大的勇气，不是每个人都能做到，但我鼓励身边的朋友努力去尝试，如果遇到了这样的人，一定要珍惜。

五、级别

级别充斥着我们的社会，无处不在，它就像菜刀，可以做菜，也可以杀人。

官大一级只是一个缩影，级别这个词应用于我们社会的各个角落，哪怕是个要饭的，也会分出级别来，我有位记者朋友大周曾经做了半年的乞丐群体调查，其中的一个结论就是，乞丐的饭不是随便要的，而是有着一定的管理系统，低级乞丐归高级乞丐管辖，我一听乐了——丐帮依然在江湖啊。

我不是乞丐，也没有乞丐朋友，但是我知道无论在学校、企业、军队、政府、媒体，甚至一个家族都是由不同的级别构成的，上级对下级有一定的管辖或者威慑作用，而且基本成金字塔形状，即使在一些特殊行业，表面上没有级别，而内在也被无形的级别所统摄，比如“诗人”，特别是体制外的诗人，看上去既无体制约束，也无血缘承递关系，应该没有级别吧？然而实际上，大家往一处一凑，各种级别就来了。

我上大学的时候搞过文学社，一时名声大噪，成了学校的名人，那时特别爱写诗，追女孩和发牢骚都离不开诗，所以被称为“诗人”好几年，有一年冬天，我记得是大三，托一位朋友的帮助参与了一场全国诗人聚会，类似诗人节的东西，第一次与全国的诗人雅集，心里兴奋了挺长时间，以为可以畅所欲言，一吐胸中快意，可是结果却挺沉闷，原来都是写诗的人，也会分出那么多级别，让人无所适从，我总结了几种：比如在什么刊物上发表过作品啊；比如出过几本诗集，写过多少首诗了；比如你哪一年出生的啊；

比如获过什么奖；

比如加入了哪家作协啊；

比如你是第几次参加全国诗会啊；

只要你回答，就有比较，就开始论资排辈，就有了级别，让人顿失探讨诗的兴趣，那个时候我想，原来诗人也都俗不可耐啊，自己还是不要混这个圈子了，于是从那以后，我摘掉了自己诗人的头衔。十年后的一天，我的一位小老弟到我办公室玩，他是甘肃天水的小伙子，实在、谦虚，他学的是国画，那天到我办公室是因为在距离不远的地方在搞画展，他被朋友拉去看画展了，我捡起他放在我桌子上的办画展之人的画册，水平与他相去甚远，无奈这位小老弟年龄太小，在画展现场竟有些被忽视为工作人员的情况，他也不知在那些“长辈前辈们”面前如何表达更贴切，于是借机离开来了我这。

我问他，是不是有新兵见首长的感觉，他点头，可自己并不是新兵，对方也不是首长，在艺术上大家该是平等的，何来级别之分？我给他说了我的“诗会”经历，两人相视而笑。

人的社会是由不同的人有机结合而形成的，一个新生儿从出生到死亡，在每一个时期都可以找到自己的位置，这个事情完美体现了社会的伟大，但是要构建这样一个有机体，其中的元素一定是错落有致、按一定次序排列的，就像我们建一所房子一样，级别便是其内在的结构支撑，于是人构成的社会就有序了。

级别自然有它的价值和高明之处，比如在战场上，若下级不听上级的指挥、新兵不听老兵的经验、没有一把手阵亡按级别顺次继续指挥的原则，打胜仗是永远不可能的事情，估计连战场都上不了就败了；级别也有它的弊端，比如容易抹杀后进，比如使效率低下，比如公报私仇，比如唯权是举，它的这些弊端计较下来与“人的素质”有关，出现问题多数是因为“庸碌、自私、卑鄙”之人作怪，所谓以刀杀人则为凶器，以刀救人则成宝器，是凶是宝，人是关键，不在刀，自然不在级别本身。因此，级别是个工具，它在每一个人的手上，有一个良好的用法叫“明慎”，即明察审慎的意思，不可荒唐、不可草率、不可不明，更加不可拖延不进（有很多这种情况，就卡在一个点上，而那个点的负责人恰恰对应着那个级别该有的责任），《易经·象辞·旅卦》说：“山上有火，旅；君子以明慎用刑，而不留狱。”原话虽然说的“用刑”，却完美贴合了我所讲的“级别”，转念再想，难道级别不是刑罚吗？

六、离间

离间，无论是军事上还是我们日常普通人的生活中，用的人，客观说都是小人！

离间，是小人所有坏行为的综合体现，或者说是根本体现。我有这样的认识也是这两年的事，以前思考的少，这几年各方面的变化都挺大，思考的便多起来，其中的一个焦点就是“小人”问题，国人都有本命年要踩小人的习俗，一般是在鞋里塞绣了“小人”字样的鞋垫，我发现所谓小人以及他们干的事情，无论怎样的表现形式，都是对当事者原来和谐状态的“离间”，不和谐了，对当事者来说当然是坏事，对方当然是小人。我们可以试举几个生活中的例子，来佐证我的观点：

例子一，你与别人达成合作意向，在一切顺利的情况下，有人在对方耳边说坏话，合作未达成，这是把合作关系离间；

例子二，你与朋友好了多年，有人告诉他你曾埋怨他的某个缺点，久而久之，你和朋友远离，而那个曾经埋怨缺点的事可能只是对朋友善意的提醒，这是把友谊关系离间；

例子三，你与女友相恋多年，有人常在她耳边吹风你下班晚回家、应酬多，实际是和女同事暧昧，导致感情彼此疏远，其实你真的很忙，这是把爱情关系离间；

例子四，你买了一辆车，非常喜欢，有人看了嫉妒，偷偷把车漆划伤，你看到又生气又心疼又破财，这是通过破坏你与车之间的美好感觉而把情绪离间。

例子五，你获了创作大奖，有人在网上匿名留言说你的作品很垃圾，让不明就里的人对你产生先入为主的不好印象，这是破坏了纯洁，把主观认知离间；

还有很多种情况，但是当我们静下心来仔细审视，就会发现，所谓小人，就是把原本和谐的、完整的、稳定的、存在于人与人、人与物以及物与物的关系，用不光明、造谣或假的手段破坏掉，改变原来的状态，使当事人因此而付出代价或造成损失，表现就是“离间”，离间的本来意思即是造成分离、使疏远、使不和睦，与我说的那些“小人”做法的结果完全一致，因此，离间者，客观说都是小人，小人，深刻说都是离间者。

邓子是我们那波同龄伙伴里第一个坐上总经理宝座的，管着全公司四百多人，我们都很羡慕，工资高又威风，当时他才 26 岁，之所以能少年得志，除了能力强以外，和那家公司的老板与他的关系比较好有很大关系，老板非常信任他，邓子也很出力，第一年公司的销量翻了一倍，可是令我们意外的是邓子接着就辞职不干了。哥几个找了个机会问他原因，他说“那个公司小人太多，干着太累”，原来，邓子虽然能力强，但资历浅，属于公司的“空降兵”，从外边直接来到公司做总经理，加之他年龄小，公司里自恃功高的几个老员工不服气，特别是有两个大区经理一直想做总经理的位置，他们都是老板创业之初就来到企业的，可能老板觉得他们的能力最多只能做到大区经理，所以没有提拔，在这种前提下，这些不服气的老员工就找各种机会在老板面前挑拨他俩的关系，中间还出现过“威胁”事件，就像“狼来了”的故事，一而再，再而三的“离间”终于取得成效，邓子当时的感受是老板不像以前那么信任自己了，总是跨过他直接和下边的员工联系，他很郁闷，终于年终大会开完，他向老板提出辞职，看到销量的变化，老板不让他走，可邓子很坚决，最终没有在那里停留。

像邓子这样的例子，在很多单位发生过，并且每天都在发生着，无法避免，因为有人，就会有小人，有小人就会离间别人。邓子离开后自己做了一家公司，时刻提醒自己不要让员工成为那样的人，听说业绩不错，我单独找他聊天，开玩笑说“败也小人，成也小人”，他问为什么成也小人？我告诉他：“正是以前的小人才成就了现在的你不小人呗！”我们哈哈一笑，似乎找到了出路，《易经·象辞·未济卦》说：“火在水上，未济；君子以慎辨物居方。”别人想暗地里搞我们，你还真拿他没办法，我们能掌控的，只有“自己不做小人”，不离间别人的美好，按照这个品德要求，“慎辨物”确实是个好做法，为什么呢？这是因为，破坏外界的和谐，产生离间的效果，有时候不一定是有意做小人才有那样的结果，无心之失也会，戒惧自己的心思才是靠谱有效的方法，才成君子，才离小人。

如此，大概久而久之，也就没有什么“间可离了”，小人最终是拿君子无可奈何的。

七、离婚

离婚对于当事个体是件革命性的事，据统计我国 80 后群体离婚率高达 50%！

俗话讲“宁拆十座庙，不毁一门亲”，婚姻中的双方在确定结婚之初，一定没想过后期要离婚的事，可是为什么要离婚？年轻人的离婚率还那么高，总该是有原因的，放在个体身上，原因可能千差万别，放在整体身上，却有其根本原因。

结婚这件事从历史上看也就是这一百多年才规范起来，说到底，规范和不规范的婚姻制度都是为了种族延续的需要，对于婚姻双方是争取长久交配权的需要，只不过人是高级生物，理性部分能够保持这种关系长久，并成为社会竞争的最小团体，属于协作单位。另外，以往女性地位低下，缺乏生存技能，所以婚姻关系不容易被打破。

随着社会发展，全社会的意识也发生了变迁，婚姻生活中的双方都不再把婚姻看作不可打破的坚守底线，两个人在一起不舒服甚至是遭罪，就可以分开，各自再去寻找适合的，毕竟无论男女都已具备了自主的生存能力，相互之间没有绝对的依从关系，正是在这样的意识下，新生一代，从80后这一代起，大众对离婚这件事竟可以从容对待了，其实就是“心”的选择变了，人生方向和活法也都随之变了。

高中时隔壁的班花小丁是大家的梦中情人，可以说也是校花，美丽还多才多艺，每当从我们班门口路过，全班的男生总是行注目礼，毕业十多年后，再次碰到她时，还是那么美丽，且多了许多成熟的味道，可是不成想她却是班里第一个离婚的人，大家都很意外，谁娶了她不得天天偷着乐呀，怎么还会放弃。事实上，走到离婚这一步跟漂不漂亮、富不富、帅不帅根本没有关系，他的前夫也是位帅哥，而且两个人收入不错，只是在婚后，两个人越来越无法理解对方的性格，常常因为一点小事情而争吵或者冷战，两个家庭也因此产生了矛盾，加上小丁又漂亮，前夫的猜忌心也大起来，最后只好离婚，曾经郎才女貌的一对，只维持了5年的婚姻。这样的例子在名人中间也比比皆是，当初李敖和胡因梦的结合是轰动世界的“郎才女貌”的婚姻，可不久李敖便因其“拉屎不好看”而生起厌恶，彼此的幻想破灭，只结婚三个多月就宣告离婚了。

婚姻是牵扯了太多东西的男女结合，且是长久的结合，离婚是在这种结合中，考验双方是否能不断容忍、包容彼此的“不适应成分”的结果，若不能，便是劫难。在这个过程中一定有一段时期经历彼此调整、冷漠、疏远、厌烦，其实很多离婚者都曾努力过。

两个对婚姻都一无所知就走在一起的人，在相敬如宾的磨合过程中，增加彼此的好感，但是久而久之，又不知道如何开口交流，在精神上也寻不到共识，像两块木头一样，比陌生人还陌生，然后就会选择结束那段婚姻。往往在离婚之后，又会彼此问候，节假日打个电话或短信，关系反而能和谐一些了，彼此都了解，有些东西与努力无关，在婚姻里不应该像两

块丰碑一样站立一辈子，光阴就那么多，我们都该给自己的光阴以色彩，彼此都该是一个鲜活的人。

在离婚这件事情上，外界的指手画脚是最大的折磨，有

意思的是指手画脚的人往往不是一代人，大多数是以前岁月里的上代、上上代人，有很多吵了一辈子、打了一辈子、冰冷了一辈子、忍耐了一辈子、苦了一辈子，但他们多数不会因此离婚，这大概是光荣和不幸糅合在一起的一种滋味，当生命萎缩时，便成了最大的资本，这也是他们心灵的选择。

由此，我曾对很多人说：谁都不想往火坑里跳，但当有人想爬出火坑时，他人也不该笑话，毕竟可能你只是适应了火坑的温度。《易经·象辞·大壮卦》云：“雷在天上，大壮；君子以非礼弗履。”结婚是礼，离婚也是礼，认真对待自己是最大的礼，《左传》上对礼的解释我最认可，它说“夫礼，天之经也，地之义也，民之行也”，天经地义是宇宙大道，民行是人之大道，民行的根本在“人心”，因此，结合与分别，只要是真心所想，便是合礼之行，利贞，吉卦也！

八、差不离

世间事多半差错出在一类人身上，这类人常说“差不离”。有人问我最讨厌什么样的人，我回答：凡事糊弄的人。糊弄的人做事不认真、不果断、不自信、不靠谱，还老存侥幸心理，认为可以蒙混过关、得过且过。天底下的事出问题，多半是这种人造成的，他们最常说的一句话就是“差不离”，或者“差不多”，让听到的人心中总没底，特别是在一些紧急关头，比如赶火车、动手术、考试、买票，等等，每当我听到这样的回答，总会再问对方，让其给一个确切的答案，因为一个环节的出错，很有可能导致一连串的错误发生，甚至无法弥补。

有一年哥们老王的公司开大会，聚集了各地经销商和合作单位五百多人，那个会的一个重要议题就是新产品发布，为此，他请了专业策划公司做了高档产品手册，但可惜的是直到大会开完了，印刷厂送手册的车还没出库。原来，他一直有一个合作的印刷企业，每年也有几十万的活交给他们做，那段时间老板生病住院了，公司的业务就都交给儿子打理，他儿子那年26岁，按说也不小了，可是就是办事不牢靠，老王再三给他确认什么时间材料印好，他每次都说“差不多了”，最终还是耽误了，追究原因，是因为他们机器坏了几天，可为了揽活，那小子撒谎了，大会开完后，老王上门找他们父子，质问：“我企业的损失都因为你每次的‘差不多’造成的，如果你早说不能按时交货，我可以换其他家印刷厂，或者做电子预案啊！”从那以后，但凡听到“差不多”这样的回答，在老王的企业里立即开除，有人说他太决绝，可没人知道开那次大会时他的绝望。

这样的例子在工作生活中经常出现，在荷泽我有一个做酒的朋友，去年中秋节前客户定了不少货，可最后他一分钱没赚着，原因就是给他供酒瓶子的那家企业“差不多”了一个多月，每次都说一个星期左右，我想很多人也都遭遇过这样的状况，冷暖自知，特殊的时刻害人不浅。差不离——潜台词就是“还不知道呢”“还没谱呢”“不好确定啊”“我也没办法”。

没有这种表现，能干脆利落准确表达的人，基本都是人中龙凤，他们的特质与“差不离”完全相反。淄博有一个北方最大的陶瓷产业园，我在那里碰到过一个这样的姑娘，当时她才刚毕业，负责一款瓷砖的推销，通过努力终于见到了一家全国著名装饰公司的淄博公司总经理，那位总经理只给她说了一句话：“你需要多久能说服我们用你家的瓷砖？”那位姑娘停了十多秒，坚定的回答：“五分钟！”

姑娘姓梁，按照和对方的约定，当她再次来到那家公司，全公司的设计师已经就位，那位总经理说：“五分钟，开始吧。”小梁不慌不忙的在大家面前进行了讲解，产品特点、竞争优势、合作优势、售后体系、企业文化、应用效果……等她说了句“谢谢大家，我的讲述完毕”时，正好五分钟，全程没有一句废话，结果自然是双方合作，那位总经理后来试图挖她到自己的公司，对她讲“第一次见面的好感和那次机会，只因为你斩钉截铁的五分钟的回答”，估计“五分钟”成了一个赌注，而如果当时小梁说的是“差不多”或者模棱两可的销售“套话”（比如，您用了之后才知道我们产品的优势啊），则就不会有第二次的“精彩五分钟”了，这件事情在那一年成为颇具影响的一个事件，被传得天花乱坠，那一年是 2005 年，我的高中校友与这个姑娘在同一家公司。

虽然前边列举的都是些身边的小例子，然而却是活生生、显而易见的参照，从一个人的说话方式可以判断这个人的性格、能力，甚至品质，我们需要一个高效的、诚信的社会系统，“差不离”的群体拖了社会的后腿，虽然小到有些人不注意，蚁穴溃堤却是常有的危险，为人处世，不可不知，《易经·象辞·升卦》说：“地中行木，升；君子以慎德，识小以高大。”由小可成其大，由小也可毁其大，所以君子“慎德”，谨慎的不光是品德，更多的是言行，由内而外，由心而行，只有如此了，才会博得更多的信任和依托，才会多成事少坏事，因故，远离“差不离”。

爱离别这个话题从表面看多与感情相关，人们把它当作“苦”也是基于这样的认知，然而有开始就有结束，有高峰就有低谷，有千千万万爱的内容，便有万万千千恨的存在，我把它们拆分开来，选择了人性里在这个话题上最突出的表现内容，剖析例证，只想引发更光明的方向、更温和的措施、更美好的结果，人生若只如初见，如要发生那些，在开始的时候我们就该做好准备，不苦而行。

第六章 求不得

大学时的哥们死追一个女孩，死缠烂打，誓不罢休，满肚子真诚，女孩一直不为所动，也说了“你是个好人”“我不想谈恋爱”“只怪有缘无分”的话，哥们憔悴万分，不可自拔，最后女孩送他一本书做了告别礼物，书名是《放下就是快乐》，人生美眷哥们那一年追求不得，多年后我问他，他说：当时痛苦，现在想来美好。

一、求财

求财是可以跟所有事情链接在一起的一种欲望，人为财死，传达的是钱财的重要性，就连道德高地上的圣人都会说“君子爱财，取之有道”的话，求财是每个人被赋予的本能，就像饿了要吃饭一样，求财没有什么不好，但却常常给世间的人们带来痛苦。

求财痛苦，当然是因为求而难得、求而不得，求而不合理，至于天上掉馅饼、领空饷、贪污受贿之类不会有“求”的痛苦，上班的人通过熬资历求工资增长，创业的人通过努力谈业务，都想过上更好的日子，在这个过程中间镶嵌着各种痛苦，最后还不见得成功，在唐山结识的柳同志就有着这样的经历，之所以叫柳同志，是因为我们俩同年同月同日生，也因这个特殊的机缘，彼此成了朋友。他大学毕业后从普通员工一路做到企业总经理，中间花了十年时间，做总经理的收入在他的那家企业并不高，所有的收入加起来也还不到二十万，加之这个身份花销又大，家庭生活成本也正是最大的时候，上有二老，下有一双孪生儿子，还有各种贷款……总之，做了一年总经理后，他辞职创业了。

他的目标也很明确，尽快成功，多赚钱，但是整个创业过程却不像想象的简单，从公司注册跑各种手续，到租办公室招聘员工，再到宣传推广，为了谈业务还得打肿脸充胖子，各种公关……总之，他运营了三年，换了好几个产品，最后一分钱没赚，还坚持不下去了，只好关门大吉，重新到企业上班，这三年中，他曾为谈成业务欣喜，曾为业务失败沮丧，曾为做方案天天熬夜，曾为陪客户喝酒住院，曾为每月的企业费用求这求那，曾为对方拖赖尾款装孙子，可是又怎样呢？他还是失败了，经济形势不好、自己没有人脉、缺乏创业经验、缺乏运营资金，“就像做了一场梦，又回到原点”，我说：“你勤勤恳恳，不偷不抢，没成功起码丰富了人生，可能正是为了下一次成功做准备，我们干杯互勉。”

与柳同志不同，小芳通过自己的“努力”，迅速成了富婆，小芳是我在清华读 CIOB 培训班课程时的同学，人长得漂亮，甚至可以用风骚来形容，她家里穷，所以一心想发财，曾经在毕业后同时打四份工，在她明白了这样做发不了财后果断放弃了，应聘到一家大型房地产公司做总裁秘书，不多久便离开了那家公司，但总裁给她买了一套房子，原来总裁和秘书发生了不正当关系，小芳用身体换来了人生的第一桶金，此后，她如法炮制，好车、名牌没几年都有了，她最后一次“作案”是和一个大他很多岁的老头结婚，但老头有钱也好色，结婚一年后离婚，分了老头的家产，在我们做同学的时候，正是她准备找个门当户对的男人的时候，只是没有不透风的墙，大家都知道了那些故事，而且读那个班的人多数是已婚的中年人，虽然有想“偷腥”的，也得好好掂量掂量，有一位李总和她走得稍近了点，回家太太就和他吵架，总向我们抱怨，小芳这个求财方式谈不上卑鄙，一个愿打一个愿挨，但总会让人不舒服，有钱了，有面子了，有地位了，某种东西却悄悄地没了，这个东西在人心里，窸窸窣窣，说不清但在那里。

老周是泰安一家膏药厂的后勤主任，主要职责是“保安头头”，据说他以前是国营企业保卫科的科长，他这个人没有什么特长，当然也没有什么太大的恶习，但特别喜欢买彩票，厂子里的人背地里都喊他“彩票周”，他总感觉有一个大奖在等着他，他很明白“自己要想发财，工作是够呛了，买彩票是最可行的一个方式”，也是天天买，有时也能中点，最大的一次中了 1800 多块钱，为了那个大奖梦，老周什么都可以往后放，有一次锅炉房的师父有事暂时离开，请他帮忙看着，恰巧那天上班路上他忘了买彩票，于是又溜出去，以为会很快回来，没想到因为意外待了很久，锅炉房的事也忘了，等他回来的时候，车间已经因为他的疏忽损坏了一批产品（只有锅炉运行，车间才能运行），老板指着他的鼻子说“彩票比你爹都重要”——烧锅炉的老大爷给我讲了这些故事，到现在为止也还没有听说老周中大奖的新闻。

老周最可贵的地方是清晰自己可能发财的方法，而且愿意付诸行动，还没有做超出一般人底线的事，我认识的这三个人，情况不同，也是社会人群的缩影，求财和事业不同，事业夹在人和财中间，我更尊重做好了事业而得财之人，柳同志太急切，产品换来换去，没当事业，难以长久；小芳已经突破了某种底线，虽得了点财但已“非常求”了，上不了台面；老周属于投机取巧型，虽有底线，却无明朗的人生体验，总之，这几种方式的求财，皆非“求得”，对财之求，找到自己的事业位置，方为正途，在这样的前提下，得与不得虽未可知，苦楚却小之又小，即真正实现了“君子爱财、取之有道”的高要求，《易经·象辞·艮卦》说：“兼山，艮；君子以思不出其位。”正是这个道理，这两年自己总结，没有遇到过小人，大概与时时传扬这样的“求财”思想有关，而身边的人过得都还不错，求财之所得或所不得，便不那么紧要痛苦了。人为钱服务，还是钱为人服务，这应该是最简洁的一句总结，值得思考而后有所作为。

二、求名

人说世间两条船，名利而已，但是不知你有没有发现一条规律，人们都是说名利，而极少说利名，名总是排在利前边，因之，我断言一种做事的捷径是“先求名”。有了名，甚至可以迅速地拥有其他。

孔老夫子曾经有一段非常有名的论述：“名不正，则言不顺；言不顺，则事不成；事不成，则礼乐不兴；礼乐不兴，则刑罚不中；刑罚不中，则民无所措手足。”这里说的名和我们当下所理解的“出名”的名不太一样，孔夫子的名是“名号”的名，不过他说的名和我们说的出名的名在作用上是一样的：都能带来极大的（相应的）方便和号召力。我们不妨来论证一下：

孔子之“名”——

他的这个名解决的是“是什么”，比如官职名称，企业职务，甚至是物件的名字、人的名字，只有这个东西确定了，才好继续往前走，外界也方便对接，就像现在有的公司名片上不写职务，在相互介绍时就是个问题，既不好称呼对方，是主管啊、副总啊、总裁啊、工程师啊等等都不确定，同时还不能明确对方的交流权限，见什么人说什么话就是指的这个方面；再比如有一个新发明，以前从未出现过，全社会需要做的就是先给它一个名字，有了共知的名字，供需双方才会“所指明确”，要不，“那个那个”的称呼大家都累，还容易出错。

这个“是什么”通过名解决了之后，大家就能有的放矢了，就能有所依凭了，就能手足有措了，就能顺利办事了，能够迅速在一个体系或者情境内产生作用。其实我国的各家学说归根到底都是关于这个“名”的学说，想来也好理解，世间万物不给他们各自适合的名，怎样实现有秩有序呢？

出名的“名”——

这个名解决的是“有多少人知道我是什么”，也就是说在孔子所言的名的基础上加了一个限定条件：有多少人知道，答案当然是越多越好，因为越多说明影响力越大，可以左右的东西越多，越容易实现自己的“梦想”，张爱玲“出名还得趁早”那句话响彻在每一位家长的耳边。放眼当下，“粉丝经济”便是这个“名”的最好诠释，粉丝的多少代表了“有多少人知道我是什么”这个问题的答案，进而表明是多大的粉丝经济体，能转化多大的经济效益，当下人们对此趋之若鹜，网红的出现、炒作的泛滥都是在这样的背景下产生的，甚至有不少人宁可出“恶名”也要出名，因为只要有“围观”就会有回报。我所说的“求名”正是指的这个方面，或者说偏重于这个“功利”的方面，当然“名声”能够极大地满足自尊心，走到哪里都有粉丝跟随、欢迎，心里总会得意欣喜，曾经有一次我去洗车，洗车店的老板竟然认出了我，说他听过我一次讲座，除了主动和我合影还免除了洗车费，当时我“真真地”感受到了“名”的作用。

前边我所说的这两种名，相同点就是解决了“树立身份”，同时两者之间还有一定的关联，若运用好了，会迅速走上“人生巅峰”，我认识的“云老大”就是这么一位传奇人物，得了“名”的大道。

云老大其实还不到30岁，这个称呼是她的粉丝给的，在全球各地都有粉丝，她干脆以此做了微商，整理之后的团队也有近50万人，随便一个产品销量都过亿，而后又被邀请参加各地的论坛、慈善晚会之类，从而继续丰富自己的名声，实现这些她仅用了4年时间，我问她为什么会成功，她简短准确地说了三点：足够拼（刚开始时玩命吸粉）、足够强（汉子性格很受粉丝喜欢，粉丝都是女性）、足够幸运（碰到了粉丝经济时代）。她这个话说得很实在，我又给她加了一条——足够准，翻看历史，几乎每一次的动作都对她的“名”起到积极作用，在开始阶段，先正名，专注女闺蜜领域，让粉丝迅速捕捉到，后期粉丝多了名声渐大，又开始做慈善、搞全球巡演（讲），实现了“出名”，一前一后，一脉相承，天衣无缝，在这种大背景下不成功都难。

我想，这样的事在你身边人群中一定也存在，只是规模大小不同，名声大小不同罢了。流芳百世和遗臭万年都是说的“名”，岳飞和秦桧的传播度是一样的，只是好名与恶名在君子心中如兰与粪之别，取舍由心而已。我想为做君子的人提供线索，所以坚持君子的“名声观”。那么求得与求不得，之于名声便有了价值观的观照，《易经·象辞·同人卦》言：“天与火，同人；君子以类族辨物。”在“名”这个调动社会的核心点上，我们都该好好分辨，如此，求得，利万人，不得，利自己。

三、求爱

求爱而不得才会让人成长，成熟。

从《诗经》到近代的白话诗，我国流传的佳篇名句，涉及爱情的几乎都是“求爱而不得”的内容，有过写诗经验的我告诉自己，也只有求爱不得才可以写出那样的好诗，如果求得了，当事双方应该去忙活生活中的琐碎了，哪还有工夫“以诗言情”。然而也非得是求而不得才会使一个人成熟起来。

前文我说过，爱情这个东西几乎可以提炼为保障人类不绝种、有效延续的发动机，人这一生一定有一段时间是追求真爱的，可能有的人很快就放弃了，也有一些人坚忍不拔，还说“得之我幸、不得我命”之类的话，但是，求爱而得到这件事，包含了太多的其他内容，太复杂，太暴露人性，太多阻力，太多变数，若真成功了，便是命定之人。在南昌上大学的表妹写过一篇文章，说的是他们同学的故事，让看过的人唏嘘不已，这个故事在他们大学也曾流传了很多年，这个故事和我刚才那个感叹有暗合之处，故事是这个样子的——

在表妹他们班有一对情侣，相互热爱，一下子就爱了四年，直到大学毕业才出意外，当时他们班所有的人都以为两个人会修成正果，成为班级佳话，可是没想到，就在大学毕业前夕，男方突然提出分手，非常决绝，并且迅速和另一个女孩确立了恋爱关系，被甩的女孩是表妹的同宿舍舍友，一连哭了一个星期，差点得精神病，那段时间，见到这三个人的人都会很尴尬，不知道该怎么交谈，加之毕业季，事情就这样过去了。表妹毕业不到半年，就收到了那位男同学的结婚请帖，他的结婚对象正是临毕业时新换的女友，更加令人惊讶的是，那个女孩竟然是上市公司的千金，更加令人意外的是，其实那位千金小姐在大学时一直追求这个男生，但始终被拒绝，毕竟他和表妹舍友的感情那么好，如胶似漆，铁定要结婚的样子。最终，表妹没有去参加他们的婚礼，她的不少同学也没有去，大概是那场变故不仅伤害了女同学，同时也伤害了一直祝福他们的人——还能相信爱情吗？

显然，表妹的那位男同学少奋斗一辈子，立即成为了上市公司的少东家，那位千金小姐是独苗。事情刚发生时，表妹曾给我打电话，想让我出出主意安慰那个女孩，记得当时我告诉表妹一个禅宗的故事，让其讲给女孩听，有无效果，无从得知，再讲一遍也无妨：

从前有个书生，和未婚妻约好在某年某月某日结婚。到那一天，未婚妻却嫁给了别人。书生受此打击，一病不起。这时，路过一个游方僧人，从怀里摸出一面镜子叫书生看。书生看到茫茫大海，一名遇害的女子一丝不挂地躺在海滩上。路过一人，看一眼，摇摇头，走了。又路过一人，将衣服脱下，给女尸盖上，走了。再路过一人，过去，挖个坑，小心翼翼把尸体掩埋了。僧人解释道，那具海滩上的女尸，就是你未婚妻的前世。你是第二个路过的人，曾给过他一件衣服。她今生和你相恋，只为还你一个情。但是她最终要报答一生一世的人，是最后那个把她掩埋的人，那人就是他现在的丈夫，书生大悟。

表妹见证的这个故事，有一股说不出的无奈和无力感，对女孩来讲，已经在手里的爱，倏然不见，求之不得。虽是个例，但在求爱的阵列里，有数不清的理由让人求之不得、得而复失、求非所求，总之结果就是“不得”，在那么多的不得之后，我们该怎么办？就像这个禅宗故事里的一样吗？我给出的答案是：无需瞎想，早点睡觉！理由有三：

理由一：如果你的“求爱”之路是竭尽全力的，再不得就是命了，即禅宗故事里的情况，此时需要放下，有更适合的在未来等着呢。

理由二：在人的生命里，不只有爱情这一个东西，还有很多值得去追求的，人不能在一个小点上卡太长时间，这个“求爱不得”的经历只能是经验来源，让自己变成熟是它的价值，成熟了魅力更大，未来的风险抵抗力也更大，因此应该庆幸才对。

理由三：睡不好觉，没有好的身体，怎么能继续以后的各种战斗呢？当无力改变的时候，就该转身换个方向用力了，换方向之前，一定要休息好，你不知道在新的道路上会有怎样的奇遇，精力必须充沛。《易经·象辞·随卦》就是讲的这个道理，辞曰：“泽中有雷，随；君子以向晦入宴息。”翻译过来就是好好睡觉的意思，反复思考，此言不虚！

大概，求爱不得也就是这么回事吧。

四、求职

找一份工作不难，找一份称心如意的工作挺难，找一份能实现人生理想的工作难上加难。不工作就没饭吃，这是大部分人必须面对的局面，每年高校毕业季有大量毕业生涌入招聘市场，全社会也一股脑的会关注“求职”问题。

职业的基本含义是“个人所从事的作为主要生活来源的

工作”，从当下的状况来看，求职在就业人群中呈现出“拐尺”特征，这几乎成了一个社会热点。何为拐尺？即在某个特殊节点（或时间或事件），一个人的职业状况会发生一次大转变，特别是对于全民市场化后的80后90后群体，这个特征不得不逼迫我们重新考虑职业的规划问题，大到国家政策，小到个人生命质量，要想了解这个拐尺表现，我抓取了身边处在不同阶段朋友的职业状况进行分析，他们组合在一起，便可一目了然。

第一阶段：小A和小B，两个人是同学，都是我的小学弟，学计算机专业，刚刚毕业，需要求职，小A专业学得好，想从事

IT技术类工作，四处投简历的同时，也通过校友的企业得到一些面试机会，最终选择了一家他认为“待遇和前景不错的”企业做程序员；小B不喜欢自己的专业，学得也不好，于是另辟蹊径，应聘到一家快消品企业做销售，两个人在毕业时都“求职成功”。

这个阶段，求职成功已经很不错，还有大量的毕业生待业，至于考公务员或者家族企业的不在我们讨论的范围内，我所讲的都是市场化的状况。

第二个阶段：小C和小D，两个人已经差不多毕业七年左右，小C是我老家的街坊，已经做到一家中小企业的副总，但是不满足现状，一直在找机会自主创业，并时常参与各类

圈子的活动以寻求经验，最近听说他已经迈出了第一步；小D是个女孩子，是我一位朋友的同班同学，上学时每次都考第一，长得也漂亮，只是毕业时没有从事本专业，应聘到威海一家药企做行政内勤，经过几年发展，已经成为销售内勤主管，被公司人称“大姐”，他们两个都属于职业相对稳定的，基本没有跳槽经历。求职在某个方面讲也是“求稳”，在这个阶段还有一类求职者属于“屁股上有尖坐不住类型”，一般会四处跳槽，寻找满意的工作，有利也有弊，我不再举例。

第三个阶段：小E和小F，两人毕业超过十年，小E是我高中同学，一直在电视台工作，从外景摄像一直干到了栏目制片，但他进入了人生最焦虑迷茫的中年职业时期，他与电视台是合同制，栏目相当于一个电视台的下属项目，自负盈亏，加之电视行业的下滑，小E看不到自己剩下的后半生往哪个方向发展，跳槽去其他企业又不知道能做什么，而且年龄太大，想创业吧，经验、魄力、代价、入场机会都不理想，不知何去何从；小F踏踏实实上了几年班，也做过管理层，还创业几年，结果只能算差强人意，但是在她毕业十年的时候，决心不再求职了，而是拿起了心爱的画笔，做了一位专职画家，画画这件事她从小就喜欢，平时也没有放下过画笔，令人惊喜的是小F第一年全凭画笔养活了自己，她对我说：毕业十年了才明白，自己的事业刚刚开始，可以一直做到死了，而且越久越值钱！她没有说错，我这位曾经的下属几乎成为我所有同事里活得最明白的人了。

第四个阶段：无可奈何花落去，所谓的定型阶段，我身边很多这样的人，一生是什么样就什么样了，多挣点钱少挣点钱没有太大区别，一般都在50岁上下。当然不排除少数厚积薄发，此时才发力的，就像姜子牙一样，但姜子牙是少数派。

这几个阶段的人并不是同一个人，也没法把求职类别说清楚、说全面，然而当你把这些人进行先后嫁接，就会发现，总有一些状况是你自己或者在朋友身上发生着的，我只是挑选了其中的典型而已，与我年龄相仿的群体，要么拼搏在创业之路上，要么纠结于中年危机之中，“我除了会收银什么也不会啊”“年轻人才是我们最大的威胁”……听到这样的话，在感慨的同时，不禁觉得理所当然，职业，虽是糊口之业，但若真以事业、追求、梦想待之，大概其生命力自然会强劲许多，我想这该是求职的大道之选。

《易经·象辞·坎卦》说：“水洊至，习坎；君子以常德行，习教事。”每一次生活的求职（讨生活）都是一个坎，若能看到这样的本质，解决它的方法便是“以常德行”，“水洊至”，就是水一次一次的来到，多么像曾经的一次一次的求职，我本人对上边所援引的小C和小F的做法是比较认可的，可以长久，可以不变其心，这大概就是“常德”，能成己之美，当求而不得时，诸君可以参照本文，观照自己。

五、求佛

身边上山求佛的人越来越多，最次也会在手腕子上戴串佛珠，可是却很少有人想过，天下根本没有磕头上香“求来的果”，求佛之举，不过自娱自乐而已。为什么这样说呢？最主要的原因是多数人搞错了“因果”为何物，上山求佛的人都想得各种善果，却不明白因果到底为何物，自然没什么用处。

先来说一下“求佛”这个荒唐理论，比如，你带着一颗诚心，来到某庙，花十几、几十、几百，哪怕几千块钱，上一炷香，磕几个头，心中默念：求佛祖保佑今年出入平安、父母健康、子女学业大进、发大财、买辆豪车、多几个红颜知己……呃，如果你坐在佛像那个位置上，你能答应或者实现这位香客的愿望吗？何况，每天还要接待那么多的香客，那么多的愿望，我觉得起码有难度。另一个方面，当今某些寺庙里边的人，如果你好好观察一下，说实话还不如农村晒太阳的老太太慈眉善目，我曾在济南的某个庙里观察了整整一天，好多人戾气满面，举止粗鲁，甚至有好几个地方是明显骗钱的，我就被喊住了一次，后来那位发现他们知道的佛经还不如我多，最后送我走的时候叮嘱“不要说来过我们这啊”（因为那天我是去我他们那个庙的原管委主任，最后我才告诉他的）——你看，不管甲方乙方，都只是一场戏而已，更像个生意，那么，这样的求佛，便荒唐得很，若说有什么作用，心里安慰是对的，和在家扔钢镚儿，扔出了你喜欢的答案的作用一样。

我们再来说一下“因果”这个话题，一般人容易理解错误，求佛得善果的求佛是因吗？助人为乐的助人是因吗？水、土壤、肥料能让花开，水、土壤、肥料这些是因吗？

我在办公室做了个实验，问了十个人，有九个认为这些是“因”，它们对应着后边的果，其实这九个人都错了，因和果其实是一个东西，只是前后的表现形式不同而已，而那九个人认为是“因”的东西其实是“条件”，也就是大众常说的“缘”，我们举一个非常好理解的例子来说明一下，种下玉米种子能长出玉米，玉米种子和玉米是因果关系，玉米是当初种下的那颗种子的另外一个表现形式，中间的浇水施肥是条件（即缘），这个逻辑上没有问题吧，然而玉米种子能长出小麦吗？答案是不能，给它用什么也长不出小麦，因为长出小麦这个果的因是“小麦种子”，反之，如果那些水、肥料是“因”的话，应该是有可以使玉米种子长出小麦的因才对，可实际上没有。再比如，现实中“喝羊奶长大的老虎”会成为羊吗？不会，这些仅是条件而已，不是决定性的因，所以生物学上给它们取名“基因”，最基础的“因”，因决定了果，条件成就了果——这才是因果的真正理解方式，在佛经里都能找到记载。

这两个大的方面谈完，我们再来看“求佛”的问题——是不是眼睛感觉明亮了很多？张老板开了一间很大的茶室，几个朋友都在他那里办了会员卡，茶室里还有单独的房间，非常适合一些商务谈判或者私密性的聊天，喝茶本来已经成了一种社会交流共识，按道理说这样的生意应该不错，可张老板的生意却越经营越差，有些老客户都逐渐不怎么光顾了，我因为工作地距离较远，自然也不常去，但对茶馆的情况也了解了一些，有一天朋友约在那里谈些事情，于是看到了他茶馆生意渐差的原因。

都说禅茶一味，茶馆自然布置得简洁高雅为好，老张的茶馆最开始的装修设计还是说得过去的，看上去也挺雅致，可是那天我去的时候却看到了很不舒服的东西，进门处摆上了拿刀的关公像，几个影壁的地方要么是大绿色的喷绘竹林画，要么是大红色的喷绘桃林画，而且把整个墙都贴满了，柜台上边有貔貅、铜葫芦，墙上有八卦反光镜……我们几个人都挺尴尬。事后，我打电话给张老板，问他是不是找风水先生了？他说是呀，生意不好，让大师调调。我告诉他，自己还是喜欢简约有意境的环境，或许该调整的是员工业务能力和心态。大家虽然是朋友，但也不好说太多，我点到即止了，过了不到两个月，他的茶馆就转让了，据说是因为调成那样以后，更少人去了，就像那日同行的一位朋友说的“铜葫芦和镜子都是化煞的，难道我这客人是煞气？”虽有玩笑之意，却也说得在理。

我说张老板这个例子，无意探讨风水问题，只是说明表面上的“求佛”（那些摆件的心理作用是一样的），只是一场自唱自演的戏罢了，真的求佛，想得善果，自己才是根本的“因”，调整内心、调整自己才是关键。《易经·象辞·豫卦》讲得很有意思，和我们说的“求佛”可以互通有无，它说：“雷出地奋，豫；先王以作乐崇德，殷荐之上帝，以配祖考。”用一句话解释就是“我们的德行应该与所崇敬的祖先的德行一致”，试问：你去“求佛”了，那德行与佛一致了吗？

这一篇文字虽然具体到了“求佛”，而不局限于“佛”，其他可求之“对象”是一样的道理，读者可以大而化之。

六、求同

只要有人的地方就会有不同意见，若共谋一事则会涉及“求同”的问题，求同有两种，君子和而不同的“同”，以及小人同而不合的“同”，字虽一样，意去千里。

从目的来看，求同无非是为了完成一个目标，所以要统一思想、统一步调、统一有必要统一的一切内容，否则，各有主张，用力涣散，难成其事。在这个问题上，抛开各种意见、观点，就实用角度来讲，除非特别高层次、可称为君子的一些人可以商量以定统一意见以外，其他情况最好是一人负责制，不需要商量，群体没有决策权，即对小人同而不合的“同”采取由上而下的命令式最正确，对君子和而不同的“同”可以头脑风暴，畅所欲言，进而取优汰劣，这两种方式需要学会择机判断选择，千万别搞颠倒了，否则，求同就会成为求祸。

在前文中我提到一位优秀的玩伴：邓子，他 26 岁就做了一家企业的总经理，手下管理 400 多人，他给我讲过一次那时的特殊经历，让他对“小人同而不合”（此处的小人不是那个意思）有了全新的认识，告诉我自那以后再也没有做过“与下属商量求统一意见的事情”。邓子回忆，或许是因为自己第一次做总经理，总是想能够让队伍一条心，大家亲如兄弟才好，于是在进入公司后，给各部门经理统一规划配发工装时，他实行了错误的“求同”方法：带领各经理到商场，要求大家各自找款式，然后再比较确定。这个方法看上去集思广益、公正又给了他们尊重，可实际结果是“各有各的眼光、各有各的爱好”，有喜欢持重老成的，有喜欢条纹的，有喜欢灰色的，有喜欢黑色的，还有建议中式的……看了半天，讨论了半天也没有结果，当最后邓子确定时，大家都有意见，甚至还有人去老板那说三道四——就应该直接定好发给他们，不需要咨询意见，邓子事后总结经验时说。

邓子当时领导的这些人倒不见得是小人，只能算意识层次不高的群体，当然，邓子在这件事情上也暴露了自己的幼稚，好心却没好结果，小人者只想自己之类，君子者谋众人之需，显然他的这个做法适合君子，不适合小人。

君子和而不同的“同”就容易很多，层次高的人（可以理解为君子）在合作办一件事的时候，即使有不同的意见，一旦确定要做了，必然全力以赴去共同完成，至于自己的意见，不管是正确的还是错误的，都会暂时搁置，而不会因为意见不同而去破坏集体的目标，不会拖后腿、消极对待，这就是君子和而不同的现实意义。

同样是邓子的例子，后来他自己做了一家公司，可以自己全权说了算了，邓子从招人到制度都进行了完全创新，同时把自己以前得到的一些经验教训进行了合理规避，俗话说有什么样的老板就有什么样的员工，十几个人的企业让他领导得生龙活虎不说，还都具有主人公意识，有一次他们操作了一个花生产品的上市活动，客户的目标就是在那一年的糖酒会上引起轰动效应，要制造新闻点，邓子带领大家进行了好几轮的周密策划，当时对于方案同事们也存在一些异议，邓子最后一拍板：就这么干吧，如果有想法先保留，只要大家各自全力完成自己的任务就可以了。

那场活动相当成功，火爆程度引来了电视台采访，引来了保安人员三次“喊停”，公司的同事们不但百分百完成了各自的既定任务，还有好几位额外做了丰富性工作，让活动更加顺利高涨，比如外围组的谭经理在看到现场“小黄帽”

最能引起关注时，立刻就近为同事每人买了一顶，博得了不少眼球；现场策划组的组长晓芳在活动前一天晚上突然想到会不会有媒体前来，于是提前写了一篇宣传稿，没想到现场真派上了用场……这些同事的主动行为都是因为要努力成就一个共同的目标，君子和而不同，这才是“求同”的真正价值。

人处社会中，少不了合作，甚至你开车出去走在路上这件小事，都已经和外界产生了合作，因为如果你不按交规行驶，他不按交规行驶，不光寸步难行，甚至还会产生其他危险事故，大家都文明驾驶就会更加通畅，但每个人相互之间并不认识，这也是“求同”，《易经·象辞·巽卦》说：“随风巽，君子以申命行事。”我认为君子是做事之人，申命的“命”便是在一个组织里确定的共同目标，申命是领命的意思，君子申命行事，所行必然指向成功，小人可能会申命敷衍其事，这便是在“求同”的境界上的个体差异，高尚与否，一目了然。

七、求闲

人不能闲下来，闲下来骨头和心都会生锈；人又不能没有“闲时”，否则更加停滞不前，几千年了“闲”都是一种智慧，对待生活、生命的智慧。最早概括这个智慧的句子是这样说的：“雷在地中复，先王以至日闭关，商旅不行，后不省方。”这句话出自《易经·象辞·复卦》，经过有关考证，在上古时代，人们逐渐形成了工作六天，开会一天的制度，和西方的“创世纪”差不多，对那个时候的人而言，开会就是休息，就是赋闲，因为那时“一日不作则一日无食”，为什么还要休息一天呢？这个“复”，相当于对前六天工作的梳理、总结、扬善纠错，我们今天在商业上有一个很流行的词叫“复盘”，复盘就是回顾总结，为下一步的工作提供指导，复盘和“复卦”所言几乎可以等同来看，“闲”即是复盘之时。

有人会说，闲不是什么都不干、无所事事吗？我只能说这个说辞对了一半，只是表象对了，《说文解字》说：“闲，阑也。”阑就是结束的意思，即事情结束时便是闲，我们的先人工作六天，工作结束，则进入闲时，闲时正是修整时，便进行一天的总结思考，自然与工作相比就是“什么也不干了”。

懂得闲的价值，并且发挥闲的价值对人或事业的成长发展非常重要，我常有这样的体会，每当我工作结束，喝茶或者洗澡，甚至是如厕的时候，也正是脑子里的新创意、新想法最多的时候，其实这也是自己提升进步的时候，我前文曾谈到过精神和肉体的关系，心智往往是在“闲下来”的时候成熟的，又比如你一口气读了十本书，一合上书闲暇时，各种思考就来了，所以“劳逸结合”绝不是简单指休息而言，而是充满了智慧的生存方法。

从莒南工地回到临沂市里有40分钟的路程，感觉像是两个小时，特别累，心累。用广夫人的口头禅“找原因”，找了半天，还是回到了起点：“不得闲。”所以出发点不对、思路不对、方法也不对。王兄弟打电话给我抱怨，甲方业主出了问题，走了八圈了，结果还是回到起点，再议最初的方案。这中间有很大的抱怨情绪，这就是出发点不对。解决问题就像过河，河上有很多桥，但是你转了八圈，一个都没选，或者一个都不让你选，这就是思路不对！首先，要想的是过不过河？也就是要不要解决问题。其次，再考虑怎么解决问题？也就是怎么过河。这就是方法。这些事情，越忙越乱，必须得闲才能理出来。

心闲下来，才能有思路，思路的关键就是不管你什么套路，我就坚持自己的原则，“遵从内心”，平淡看待，平静对待，平和情绪，用不着讨好别人，用不着委曲求全，饭局该拒绝的就拒绝，实在为难的帮忙请求就不要逞强。偶然翻到自己17年前上大学时，闲来无事写下的一些“日记絮语”，重新看时，竟然觉得那时每句话都充满了智慧，青春活跃的智慧，这个“闲”的产物才是真正的自己，我摘录几句如下：

不要试图到水中摆掉肥皂上的泡沫。

不要一遇到沙漠，便怀疑人生的绿洲，人生永不会一帆风顺，如勃发生机的绿叶，不经过风雨便无法锦饰大自然的盎然。不要一遇到绿洲，就否定人生的沙漠，幸福只是人生的驿站，痛苦才是真正的航程。

不要因为错过了一个时机而伤神，也许就在这一瞬间，另一个更好的时机又在你眼前悄悄逃掉。

不要用假设和如果启开你的话端，一则假设过去不如憧憬未来，假设未来不如把握现在；二则假设只能让人更加消极和不思进取，与其凭增悲观不如抓住眼前。

不用钥匙可以开锁，但不用“钥匙”却绝对打不开女孩的心扉。

大醉初醒时，你会觉得醉是不该醉的，醒是早该醒的。

当你发现这个地方不容你的时候，你完全可以凭借自己的力量抉择另一个地方，世间总有适合于你的时空，悲观厌世，消极轻生都是无能的表现。

感情这东西是不能随意付出的，哪怕是稍许的越轨都能引出许多麻烦；感情这东西也是不能强求的，强求的结果可能是鱼死网破的悲惨。

……

无论是从这些过去的文字，还是眼前的事例来看，竟然都是“闲时所得”，我曾勉励很多人要珍惜这样的时光，甚至要学会“求闲”，比如工作了很长时间，找一间咖啡店独坐，一定会产生很多令自己激动的思想闪光点，或者到公园里坐坐，说不定一下子能想到解决棘手工作的方法。提高生命质量，这样的闲，当然越多越好。

八、求人不如求己

在《论语·卫灵公》里有一句话："君子求诸己，小人求诸人。"

在民间有一个佛教的故事：有人遇到了麻烦，便去庙里求观音。当走进庙里时，发现观音像前，也有一个人在拜菩萨，长得和观音一个模样。人问："你是观音吗？"那人答道："正是。"人又问："那你为何还拜自己？"观音笑道："我也和你一样遇到了难事，但我知道，求人不如求己。"

社会是各种关系的总和，一发生问题，人们首先想到的是先找关系，去医院看病找关系，孩子去上学找关系，到商场买家具找关系，去参加比赛找关系，甚至去采摘节摘个草莓也找关系，人们都觉得找关系靠谱，找关系有面子，找关系省钱，找关系显得有地位，找关系可以摆平错误，没关系只能等死——虽然有些事情找找关系能够比没关系好很多，但这绝不是社会的进步，这恰恰反映了我们的不文明，反应了社会心理的不健康。

在老家我有几个把兄弟，一起磕过头、上过香，发誓"有福同享有难同当"的那种，我掰着手指头一算，自己竟然有四波这样的把兄弟，他们都是在初中时认的，一起约定有什么事，互通有无、互相照应。后来每个人的境遇依着各自的发展而呈现各不相同的结果，虽然过年过节时还会相聚，谁家里有婚丧嫁娶了也都往一处凑，大家总认为磕头的兄弟，情分是不减的。可是后来我们彼此之间发生的一些事情让我突然意识到：求人不如求己的重要性，这绝对不是帮忙那么简单的问题，而是反映人内心层次、甚至品德的一个标准。

我说两件事情，都是我那些把兄弟做的，客观来说，在这些人中间我是发展比较靠前的，上过大学，在大企业担任一些领导职务，各地朋友也多，与一些地方上的领导关系也相对熟悉，基于这些原因，不免会有人找我来“托关系”，情理之中的事，我能帮忙的也都尽力去做好，可总会有些要求令人慎重考量、拒绝。

第一个把兄弟的事：这位兄弟在老家建了一个小厂，生意还算不错，可是他听说我与县长关系不错的时候，就接二连三地与我联系，目的也很单纯，想让我给县长打电话，把他厂子的电价从工业用电改为住宅用电，即从 1.1 元降到 0.6 元，我听后觉得荒唐至极，其一，这里边牵扯到多部门，是法律问题；其二，我也没那么大的能力可以一个电话就解决；其三，即使真的可以做到，那我付出的代价可能除了人情，还得包括后续无休止的很多打点费用；其四，电费降下来，他一年也就能省几千块钱。兄弟提出这样的要求之后，我感到自己的脸都红了，最后告诉他：不好办，你自己想其他办法吧。

第二个把兄弟的事：这位兄弟有一次在外边喝酒喝多了，

与别人起了冲突，把对方打伤了，派出所出警把他抓了起来，他对警察说“我兄弟和县领导是哥们，认识谁谁谁，你们给他打电话”，后来他给我打电话，派出所接通后与我交涉，按照法律规定他会被刑拘十天，派出所的人确实也认识我，我告诉他们八个字后就把电话挂了，那八个字是：该怎么办就怎么办！可能那位兄弟会在心里对我有很大埋怨，以为我可以给他说情，可是他就是不明白，这样的事情根本就不是说情、托关系可以解决的，若我真那样做了，派出所真徇私了，不但这个社会没希望了，就是连他自己都没救了，刑拘几天，好好反思才是对其有帮助的做法。

我很看重情谊，也知道目前社会摆脱不了关系，可是当面对这样的情况时，我犹疑、拒绝了，他们从内心里、本质上应该改变，求人不如求己，如果内心里就无法无天、欲为坏事，还想通过托关系、走后门把自己的错误摆平，这种人多了、这种事多了，我们的社会是多么可怕，既然犯了错就该承担责任，求人不如求己所指出的路才是光明的，试想，自己的内心都改变了，就不会想占不该占的便宜，不会想横行霸道，如此，还会犯法吗？

所以佛家故事里传达“求自己”才是善缘之基，《易经·象辞·井卦》：“木上有水，井；君子以劳民劝相。”君子能求诸己的时候，就知道以身作则的道理了，“劳民劝相”的意思即是通过自己的勤劳而对其他人进行劝勉，也就是身教之意；如果反向来做，只要求别人如何做，那么结果是不言而喻的，时人该践行此道。

人们常感叹“求不得”之苦，人们也都知光溜溜来光溜溜走的道理，大概两者之间的矛盾割舍不下，根源在“心”，在心里对所求之物的认知程度，或许无法透彻其本质，或许迷茫于所求之物的表面而忽略了“拿来做什么”的出发点，求其该求者是生命之必须，求其不得者，或许只是其时其地不该获得，问问内心想得之的目的，这个目的是否又是光明、向上、助人的，而后再去看，或许就能“不求而至”“已不需求”了，人心是个旋涡，当我们能关注它时，该来者自来。

第七章　怨憎会

身边有些朋友提起佛教八苦，还有些不理解怨憎会到底为何意，我告诉他们，怨憎会这一苦贯穿了我们与社会的所有联系，怨憎会就是：明明不喜欢对方还要和对方见面，明明和对方有恨却还要和对方相处，会，就是会面的意思，社会由人构成，我们不得不与各种人会面，只要与人会面，就可能产生怨憎之气，自己感到难受，充斥于所有关系。

当我们面对这些又无法回避时，就该找排解的方法了，否则，怨积于中，发之于外，我们就成了炮筒，就成了恶脸，就成了不受欢迎的人，即互戕，也自戕，结果自然就降低了自己的生命质量。

一、夫妻

怨憎之会里最多的一个类型是夫妻之间，特别是当下这个时代，尤为常见。夫妻本是亲昵关系，缘何怨憎会呢？之所以会这样，多数情况是夫妻之间已经感情破裂，但是因为种种原因两人还必须在一起生活，在一个家里住，在一个锅里吃饭，在一起过年过节……但是虽在一起，却视若路人，严重的一年不一定说上几句话，也互相冰脸以对，光阴里都是憎恶，哪还有一点爱情之欢?

我曾经在一间茶馆遇到一个“老郑”，机缘巧合便成了朋友,大家以诚相待,在有些话题上竟没什么隐瞒,老郑45岁，军人出身，退伍后，在某个大单位上班，还投资了一个小店面，出入开一辆奥迪A6，表面一看应该是生活较优渥之人，长相也显年轻，可是有几次他给我说让我介绍女孩给他，起初是惊讶，以为他有什么坏想法，他告诉我自己刚刚成了单身，是在女儿结婚后宣布的，其实他和妻子已经偷偷离婚十年了，只是老父亲绝不允许他们离婚、女儿那时也还小且正处在学习紧张阶段，于是两个人并没有对外界宣布，而且还是在一处生活，只是分居罢了。

他说“那样的日子太难受了”，两个人是经人介绍认识的，不成想刚生完孩子没两年感情就破裂了，在一个家里见面无话可说，也不一起吃饭，甚至他和妻子有一段时间要么他不回家，要么妻子不回家，老父亲看不过，就以死相逼，不允许他们离婚，所以才有了“偷偷离”的事，只是这样的关系让两个人都极其别扭，特别是过年过节，内心里都不想去面对，却还得佯装着去走过场，妻子后来交往了男朋友，也不敢光明正大，自己有心仪的对象也不敢说出口，于是俩人隐藏这样的关系长达十年之久，女儿出嫁后，双方都没了心理负担，才表明了事实，老郑告诉我，虽然煎熬了那么久，也憋了那么久，在内心里自己还是想有人一起共度余生的，所以想请人介绍新姻缘，我给了他一些建议，也留意身边单身的适龄女士。

当老郑讲述他的压抑时光时，当他说起与妻子不得不碰面而内心挣扎时，真是应了那句话，不是冤家不碰头。这几乎成了一个怪现状，以前我说过离婚的问题，离而不散则比离婚还折腾人，老郑因为女儿的出嫁得了解脱（起码他自己是如此认为），还有未解脱的，更多的是双方形同陌路，还坚持过下去的人，这是当下不少夫妻的怪现状，我也曾想了很久，我们这个民族为什么会有这样的症结？办公室的小李偶然给我一个靠谱的答案：聪明到不果断，周全到不勇敢。

这两句话放在家庭生活中，特别是夫妻怨憎会话题上，简直一语中的，我略作说明，凭君意会，或许会有些良性启发：

什么叫“聪明到不果断，周全到不勇敢”，国人基因里所带的和生活中习染的东方智慧是“曲里拐弯”的智慧，是由一个点想到一个球的智慧，也就是说我们很难针对一件事做出一件事的决策，往往会对一件事想到相关连的一百件事，那么最后，可能这一件事就不能果断决断，甚至不去处理了；另外，我们认为的“成熟的人”都是以周全作为基础的，这个“周全”的概念放在夫妻问题上来说，就是做一个决定要“父母那是不是没问题、岳父母那是不是没问题、周边朋友那是不是没问题、单位那会不会受影响、子女会不会受影响、合作伙伴那会不会受影响、各种财产和债务怎么解决……”（女方亦然），考虑的非常周全，也正是这些周全让决断的人胆怯了、拖拖拉拉了，让夫妻之间的“怨憎”长期相会了！有两句古诗“仗义每从屠狗辈，负心多是读书人”，可以作为比照理解，屠狗辈（屠夫类）为什么仗义？是因为读书少，想得简单，想到就做，不能瞻前顾后、周全考虑，因此行为表现上就仗义执言、就路见不平一声吼、就说干就干，放在夫妻这个问题上，要么干脆离了一了百了，要么好好过别陌路！读书人为什么负心的多呢？情况与屠狗辈恰恰相反，想得太周全、顾虑太多，迟迟不能决断，最后拖拉成负心人。

“十年修得同船渡，百年修得共枕眠”——能成夫妻不易，何必怨憎长会，果断些、勇敢些或许是人生在这个问题上的出路，《易经·比卦》很有意思，说的是“地上有水”，地承载水，水浸润地，地与水亲密无间，互相依存，这不正是夫妻之道吗？也有人说《易经》里的“咸卦”是夫妻之卦，在我看来那个更加是情爱里的状态，在这里，比卦更加贴切，《易经·象辞·比卦》说：“地上有水，比；先王以建万国，亲诸侯。”家，是国的最小单位表现，同理也！

二、子女

听很多人唠叨：子女是前世的债主，这辈子是来讨债的！

话虽如此，亲子之间的怨憎却是人人不想见到的。

对于生孩子这件事来说，子女是第一次当子女，父母是第一次当父母，无论这个父母生了几胎，与之每一个对应的子女都是第一次，也是仅有的一次（对于转世一说暂不与评骘），从生到死，一往无前。我相信每一对父母在最开始都是极其溺爱自己孩子的，孩子是自己血脉的延续，是另一个自己，生生不息，第一个生是自己的生命，第二个生便是子女的出生，只有两者相遇才会产生不息的种族传延，我询问了身边的不少朋友，在他们刚有孩子的时候，有的人高兴得一夜无眠，有的人为了取名翻遍《康熙字典》，有的人成了晒娃狂人……可是，怎么在某些年之后有的就转变成了“亲子怨憎之会”了呢？

小花这个人我没有见过，只是听她姐姐说过她的事情，她们两个人都已是不惑之年，她姐姐说一年到头，小花就没在父母面前笑过，父母健在，甚至在外人看来对小花的疼爱无以复加，缘何成了冤家，颇费琢磨。有一次，小花的姐姐在聊教育问题时，聊起了妹妹的事情，她觉得是教育问题导致妹妹与家里人亲情破裂，我听过之后，竟然不以为然，也明白了为什么国人的“亲子关系”会出问题，先看看小花的故事——

小花和姐姐一直都是父母的掌上明珠，父母都是知识分子，虽然不是大知识分子，却比一般家庭要强，两个女儿中一直是小花比较得宠，两个女儿也争气，都考上了大学，小花还考上了研究生，原本美满的一切却在小花毕业的那天改变了，小花学的是医学，父母也早已托关系给她安排了一家三甲医院的岗位，小花一直都很听话，可是研究生毕业时却一反常态，死都不去做医生，而是非要去搞音乐了，与父母之间也经历了争吵—理论—冷战—漠视—“断绝关系”等过程，最终也没有妥协；原来小花从小就喜欢音乐，也很有天赋，还和同学组过乐队（后被父母强行拆散），表面上按照父母之命发展，背地里始终没有放弃音乐，当她毕业能独立的时候，便抬起头与父母反抗了，“你们不是想让我做医生吗？我偏不，硕士生的证书我帮你们考了，现在我自由了，想按自己想的活法活”，这是小花说的最令父母伤心的话，不过也是实话，原来，从小到大所有的一切都是父母安排好的，甚至她的梦想和爱好，父母说“都是为了你好”，于是，日积月累，终于在小花心里造出一个黑洞，吞噬了父母所有的关爱，亲子之爱变成了怨憎之会。从这些片段，可以看出，小花和父母之间的矛盾核心来自“不能互相理解尊重，对生命理解不同”，没有沟通是父母、子女之间的普遍现象，也是产生怨憎的直接原因（有一种伤害叫无微不至），成为普遍状况。

外人看着貌似都清晰，都能抓住且分析明白何为“好”，可当事者却是在拿唯一的一次生命体验来抉择，我们懂得“见人说人话、见鬼说鬼话”，却不懂得“一个时代追求一个时代的梦想，一个生命体验一个生命的意义”，甲认为的好不一定是乙认为的好，更何况亲子之间绑架了“爱的名义”之后呢？给彼此又都带上了一副枷锁，无助时的宠爱是爱，独立时的尊重更加是爱，我们社会所发生的亲子怨憎大略跑不出这个范畴。《易经·象辞·临卦》说：“泽上有地，临；君子以教思无穷，容保民无疆。”这里边有两个原则，启发思考于无穷和容纳保护于无限，父母好比君子，子女好比人民，若违背了这两个原则，便会出现难以长久和谐发展的状况，出现怨憎。

很多年来，我国一直以孝治国，一直讲“孝”道是根本，甚至在《论语》里，孔子还针对不同人提出了不同孝的方式，这是子对亲而言的，如站在父母角度呢？却很少有人去思考、成论、推广过，仅仅有些“孟母三迁”之类的故事，不成体系，在我看来“启发思考于无穷和容纳保护于无限”便是亲对子最好的做法，在这个原则下，是生发子女的“生命密码”，而不是限制扼杀；两者之间以彼此对的方式相处，在生命过程中，大概就很难再有怨憎发生了，此论虽不敢讲全面，却可以覆盖大部分情况，君可思量之。

三、同事

曾经有一首歌《时间都去哪了》火遍大江南北，一时间引起全国热爱父母的感恩潮流，时间到底都去哪了？其中有一个答案，虽然戏谑，却很现实，时间都拿来“上班”了，人们为了生活不得不把大部分时间放在工作上，甚至远离家乡去工作，在这大量的上班时间里，“同事”便成为相处最久的群体，同事之间虽然都是因为工作而相聚，却也时常摩擦出怨憎的情绪，轻则工作不爽，重则离职甚至发生相互伤害的事情。

同事之间这种怨憎的产生，绝大部分是与“竞争”有关，比如：共同竞聘某个岗位（升职），共同竞争某个奖项，共同竞争某个客户，共同竞争谁对谁错，甚至共同竞争某一次发言机会……虽说竞争是一种良性的发展模式，但终归避免不了因为这些竞争而带来的相互不爽，甚至怨气、憎恨，这样的情况在越大的企业越容易产生，尤以体制类单位更为严重，搞不好一句话就可以记恨一辈子，随便举两个小例子，试做分析。

阿原在一家食品企业做库管，她只上到小学毕业，那家企业聘用她主要看中她离仓库近，而且算是能吃苦之人，她最大的缺点是“脑子不够用”，公司规定出入库的账目都要一天一统计，电子化办公，阿原不会电脑，于是公司出纳小张就成了她不可或缺的合作伙伴，小张刚毕业，是个完全“按规章办事”的听话姑娘，也很勤快，有时还去仓库帮忙卸货；在最开始两个人合作还算愉快，可是不到一个月，两个人就互相不说一句话了，原因是这样的：阿原的记录与财务的数据常常有出入，这样小张就得自己跑到仓库去重新盘货，次数一多，小张就烦了，于是和阿原协商，协商不成就争吵，最后没法一起工作，我的朋友蔡总当时刚刚到那家公司做副总，全面负责公司的事务，双方都跟他反映对方“有病”，蔡总给了双方一个月的时间，让两个人商量出解决方案，很明显，两个人还必须要完成每天的盘货、对账工作，于是在那一个月里，小张每次出门去仓库，都满脸阴沉，阿原大大咧咧，嘴上有时还不干净，在两个人迫不得已的合作中，使矛盾进一步升级，两人见面也不说话，当然更不会想解决办法，一个月之后，阿原离开了那家企业，二人不愉快的上班生活才告一段落。

我问蔡总既然两个人不和谐为什么还要让她们磨合，蔡总给我说，这种情况以前遇到不少，在工作里同事之间如果合作不好，有百害而无一利，关键是都不会承认是自己的错误，如果贸然调整或辞退，风波更大，只能让她们在心态调整无果后，做出退让，其实，协作是同事之间的必修课，必然会有一个磨合过程，若连这个基本过程都无法调整好，那也没有继续合作的必要，还会在彼此迫不得已的碰面中难受——解决同事合作中的怨憎，调岗往往是最务实的，“人心难改”，何况只是为了混口饭吃呢！

琥珀曾经是一家贸易公司最优秀的销售人员，我刚认识她的时候还想请她辅导我的英语，他们公司一年的出口额有七成是她完成的，在一个团队里太优秀在某些时候不是好事情，大约过了一年半，她来找我，说有没有合适的企业朋友，可以介绍她去工作，我很奇怪："你在那不是干得好好的吗？待遇也很好。"等她说完自己的经历，我就明白了，同事都已不容她在那里。

原来，因为琥珀的能力强，很多其他员工拿不下的客户便都转到她那，说来也神奇，每次转到她手里的这些难搞客户，很快就被她搞定了，这说明什么？老板直接说其他员工是猪，于是琥珀就这样得罪了同事们，一天八小时的工作，虽然主要对着电脑，但办公室里的气氛却让她喘不过气来，其他同事彼此间有说有笑，她却无人理睬，甚至有人还划了她的车，琥珀是个相对单纯的人，做外贸适合她，只是单纯常常得罪人，对老板是好事，对同事相处却不是，一天一天这样，她说自己有些抑郁，于是找到我帮忙，我告诉她有部电影《为奴十二年》，里边有个小姑娘是摘棉花能手，和她的经历一样，在今后的工作里做些心态调整就可以了，否则到哪都一样。

面对这样的情况，在现实工作中，几乎没有什么两全其美的办法，社会本来就是竞争构成，我尊重现实。同事这种特殊关系，上至宰相，下至最简单的工作人员（如临时工、促销员）都时刻磨练自己和对方的情商，只有时刻严于律己才是相处之道，至于做事情，达到目的就可以了，因目的而产生的痛苦很合理，《易经·象辞·损卦》有言：“山下有泽，损；君子以惩忿窒欲。”若想不损，则须惩己之忿，窒己之欲。

四、情人

情人是个绕不开的话题，自古至今；但情人也是一个化不开的问题，从始至终。

我倒没觉得情人这个物种的存在是一件可耻的事情，不过是人性而已，但凡人性里的，都是早晚会表现出来的。情人概念的范围也很广，可广义，有情之人，也可狭义，私情之徒。既然说到怨憎会，结合时下（文章为时而作），我更侧重于狭义之情人。随着社会的发展，大家都不怎么缺钱了，思想也开放了很多，在这种情况下——情人泛滥化开始，当然，情人也分类别，有侧重感情的（感情需求），有侧重金钱的（物质需求）；无论哪一种，几乎都得经历火热期、纠结期、黏着期、藕断丝连期。目前的不少电视剧和电影对此也都有所描述，在整个时间轴上，怨憎之情占有极大比重，总结起来，条列如下：

欲常见到对方而不得常见之时；

欲与对方光明正大行走于街市而不得之时；

欲“转正”而无可奈何之时；

欲结束而犹豫不决反复无常又存些丝希望之时；

分分合合断断续续互相推诿之时；

隐情暴露互相埋怨却不知如何发展之时；

……

尚有很多在有意无意间促使情人间怨憎情绪发生的内容，而且越积越厚，成为“理还乱”的孽缘。或许当局者迷，我这些文字在真实状况面前又显得无力了，真实状况充满了更多的唏嘘与无奈，分不开，却相怨憎，何其苦涩。强子从小就不是坏孩子，而且特别重感情，只是家里穷，早早地打工去了，一晃十多年没联系，等我大学毕业的时候，听说他发财了，是大老板，又过了几年，竟然发现我们属于同一个行业，而且在同一个城市，于是又熟悉起来，强子爱喝酒，每次都喝醉，每次喝醉总抓着我诉苦。原来很早之前，在他没发财之前，家里给他找了媳妇，邻村的，也是同时不再上学的姑娘，关键是个“粗线条”的姑娘，强子不喜欢，却也遵从了家里的安排，毕竟找媳妇不容易，后来他凭着自己的闯劲干出了一番事业，还用闲暇时间去读了大学，安妮是他在读 MBA 时的同学（就是常见的那种高校总裁班），年轻漂亮，谈吐优雅，还单身，于是两个人发展出了感情，安妮也知道强子有妻子，表示不在意，强子对她很好，从物质到精神上都很好。可是在经历了一段时间的甜蜜情人生活后，事情发生了变化，安妮想让他离婚，强子也考虑过，可是妻子给他生了两个儿子，虽然脾气暴躁，可毕竟是糟糠之妻，妻子帮他照顾父母很多年，最终离婚这件事没成，自那之后，两个人就进入了怨气与渴望交织的状态，时好时坏，竟然有两年之久，强子说到后来自己竟然越来越讨厌这样的日子，两人之间发生过大大小小的各种不愉快，从鸡毛蒜皮到闹分手，“或许是都动真感情了”，在去年情人节那天，妻子知道了他们的事情，结果可想而知，天翻地覆，鸡犬不宁，不单和安妮像个冤家，更加和妻子势如水火，于是强子一转身去了西藏，当时他说，想净化一下这些怨债。

话自己也不接，公司的事情由副总管着倒也不担心，强子听说六世达赖仓央嘉措也曾经跑出自己的宫殿去幽会情人，他想知道这样的人物是怎么解脱的，可是最终他什么也没有问到，仓央嘉措的故事在后来也被神话了，西藏之旅让他明白了“情容易真，生活却不容易安稳”，“爱容易有，怨憎却更容易伴随”，他说这就是凡人摆脱不掉的生活。他送给安妮一只黑胶唱片，是《爱的代价》，在他 38 岁生日那一天回归到了妻子孩子的平淡生活中，他知道安妮恨他，所以酗酒麻痹成了常有的事，也正是那个时候，我们在一次招标会上重新遇到。

有缘无分也好，无有道德也好，发生了的事情都该有其合理的地方，当今社会，如果纵向放在历史长河中来看，大概可以命名为“情人时代”，一个不伦不类又迷茫的时代，像强子这样的情况挺多，他只是时代投射而已，而这种情人怨憎之情，对我们整个群体会有怎样的影响呢？会对个体的以后，甚至我们的下一代有怎样的影响呢？我们无法想象，《易经·姤卦》是个很有意味的卦，说的是男女之事，女子好却不能娶，同时告诫人们决断要果断，《易经·象辞·姤卦》说："天下有风，姤；后以施命诰四方。"姤就是相遇的意思，相遇而不能有果，总是有太多的无奈和不可遣怀抱之情绪，说不得、说不清、说不尽！或许果断是这个状况的唯一出路。

五、债主

欠钱的是大爷，要钱的是孙子，如果关系都发展到这个状况了，那说明双方已积攒起不少的怨气，债主怨憎，本来是极好极信任的关系才会拆借资金，不成想成了冤家，这个现象普遍存在，所以成了社会的口头禅，君子无信不立，在讨债这件事情上，打破了君子最基本的底线，君子周急不济富，借钱时大概也都是救急之时，还钱却迟迟，怨气甚至生仇都是不可避免的事情。当然不排除欠方确实没钱可还的情况，无可奈何。

我把这种叫作"债主怨憎会"，因为双方有债务关系，即使关系已经恶劣到已经永久拉黑对方了，但债务还在，还得必须去讨要或者偿还，那就又得见面，可以想见这样的会面是多么的尴尬，我想但凡经历过一些社会的人，都该有借钱和讨债的经历，哪怕只有十块钱，也会是一种不舒服的过程，我妈在老家的时候，村里人去赶集，可能买东西的时候发现钱不够了，就会先向同村的借，每次都是几块钱十几块钱，多了也不会过百，这种情况不还账一定是因为忘了，但是借钱出去的人又不好意思开口，于是心里就不自在，便得想办法提醒对方，这样的情况，我妈就遇到过，而且还不止一次，虽然数额不大，但总归影响心情，有一次我劝她，忘了就忘了吧，也没多少钱咱不要了，气坏了身体可不划算，老妈可不同意，“都是血汗钱，凭什么呀，真没见过这种借钱忘得比什么都快的人”，看得出她还是有怨气。

那么那些大数字的债务可能就会引发仇恨甚至伤害。邓子遇到过这样一个客户，年龄不大却貌似很有成就，买了别墅和奔驰车，连手机号后五位都是8，他们合作过两次，是两家公司的品牌策划工作，邓子的公司是营销策划公司，第一次是一家风机厂的整体规划，因为前期是朋友介绍，活也不大，邓子就没怎么要钱，全部做完只收了平时价格的六成，服务费过了三个来月才到账；第二次合作是一家金融企业的企业文化包装，前前后后做了一个多月，整个项目不到十万费用，东西都做完之后，邓子监工又把实地安装做好，当时的办公室有五百多平米，全是红木家具，这两家公司都是那个客户的产业，看上去是挺有实力的，可是客户对他讲资金暂有他用，稍缓些时日再支付费用，邓子因为他是老客户，平时也印象不错就同意了，令人意想不到的是，不到半个月就出了意外，他的客户失踪了，满世界找不到，直到后来他发现很多人在找那个客户，自己是业务款，而那些人是借款，少则一两万，多则几十万，那些人多数是亲友关系，有几个是私人贷款方式，有一个自称其发小的人已经到法院起诉执行，还说自己要账已经来过不下二十次了，头都大了，本来是发小关系，却不成想发展到现在这样，以前还能见到人，现在连人都找不见了……邓子又了解了其他人的情况，都差不多，应该是客户借款做生意失败，东墙补西墙，窟窿越来越大的结果。

这些鸡毛蒜皮的小债务所引起的可能只是小小的怨气，过了几天，邓子在法制报上看到了法院关于那个客户的判决决定，他知道自己的业务费肯定是泡汤了，可相比其他人还是要庆幸，可能那个客户也因为债主们的到来而感到尴尬，毕竟借款时大家都真心实意帮忙，或许是生意不好，便堕入了深渊，都是不情愿发生的事情，但每一个参与其中的人，却因此内心都填满了气愤、后悔，甚至是仇恨，这个过程一再拉长，这样的感受一再加强，大家都像被钝刀子割肉，疼得长久而深入却不痛快。

君子守信，凡是犯此怨憎者，皆因贪婪无度、行止无节造成的，进而不可收拾，无法守信，失却君子之德，只要践行欲有度、言有信的原则，自然会制造和谐的债务关系，在行为上千万不可有“蛇吞象”之想法，《易经·象辞·节卦》曾指出：“泽上有水，节；君子以制数度，议德行。”在现实中应用，便是我前边所说的意思，欠钱的是大爷，要钱的是孙子这样的事情就会少有发生，债主怨憎之会也即少有发生，便也多些欣喜。

六、理所当然

理所当然怨——这是我造的一个词，为什么要生造这个呢？因为这样的事在我们身上常有发生，最容易助长不良风气，人应该懂得感恩，不是所有事情都是理所当然的，不是所有的帮助都是理所应该的，若不知此，施与者（物质或帮助）受不该受之怨憎而心寒，受施者不思感恩而骄愚不冥以至荼毒他人思想。

曾经有这么一个笑话：有一个乞丐到小王家乞讨，小王给了他十块钱，第二天乞丐又去，小王又给了十块，如此一日复一日，竟然持续了两年。突然有一天小王只给了乞丐五块钱，乞丐问他：“以前给十块，怎么现在给五块了？”小王回答说：“我结婚了，需要减少开支。”乞丐听后，一巴掌打过去，骂道：“你竟拿我的钱去养你老婆！”第一次听到这个笑话时，我竟然没有发笑，觉得这就是赤裸裸的人性，乞丐发怒了，小王未必没发怒，两个人因为“爱心”而产生关系，不料却成了冤家。在现实中也曾有这样的报道，在某贫苦山区，每年会有慈善团队来扶贫献爱心，一般包括钱、米面、衣服、书本什么的，山民刚开始的时候心存感激，还有跪地磕头的，后来随着捐赠的频繁，受捐者中竟然出现了“挑肥拣瘦”，不喜欢的扔到沟里，钱少的不待见等情况，新闻播出后令人唏嘘不已。我一直非常反对这种“直接给”的慈善，人都有惰性和贪婪性，当“足够贫穷”就能获得源源不断的施舍时，人离蛀虫就不远了，理所当然的心思会葬送掉你所有的爱心，两边都愤懑不善。

只要人同人见面，有交集，就会产生授受之事，无功不受禄是传了很久的谚语，这句话实则是一种人心准则，告诫人们所有的获得都是需要拿自己的付出去交换的，如果自己什么都没有，可以付出尊重和感恩之心——但现实中不是每个人的素养都能做到这一点，更常见的是“理所当然”的心态，我说两个关于“沙子”的事情，此间道理，自能明见。

第一个沙子的故事：有一个地方遭灾了，国家开办粥厂赈灾，钦差大臣和珅去视察，他看到现场状况后，随手抓了一把沙土撒在粥里，其他同行的大臣不理解，和珅说，真正的灾民饥肠辘辘，是不会在乎粥里有沙子的，这样那些来蹭吃蹭喝的就不来了。

第二个沙子的故事：在北方的一座小城，一位大嫂每天都会熬粥免费让周边的外地工人、乞丐等来喝，常年坚持，可是突然有一天一个乞丐在粥里吃出了一粒沙子，于是骂骂咧咧的把粥泼在了大嫂身上。这件事当时产生不小的社会舆论，还被写进了高考作文。

这两个故事都与粥和沙子有关，和珅往粥里撒沙子除了他说的防止蹭饭者之外，还有与后边大嫂施粥相同的一个道理——不要理所当然，国家的抚恤同样可贵并且不容易，人心自然全是感激，且这个感激会相对长久，举例，如果开始的粥是没沙子的，后期因为粮食不同批次或者不小心掉进沙子，则会遇到和大嫂一样的情况，我们不是怀疑自己的同胞素质不高，而是担心人性里的缺点让我们猝不及防。

天底下没有理所当然的事情，所谓他愿意帮你是情分，不帮是本分，凡助人者其心必有善念，凡被助者其身必有不便，两者碰在一起，是多么大的机缘，一可遂了善念，一可解了不便，我到认为这是人世间最美好的一种相遇，两相内心都没有邪念和欲望，有的只是善良和感恩，若身处其中者把“理所当然怨”这种东西剔除干净，心中善待，那真是一大福报。随便在网上搜索一下类似大嫂免费供应粥饭的新闻，几乎各地都有报道，令人生敬畏，唯愿人心纯正，战胜人性弱点，《易经·象辞·蛊卦》说：“山下有风，蛊；君子以振民育德。”振民就是“救急、帮助、扶持”之意，这种行为是可以培育品德的，这样做的出发点是“纠正前边蛊的前提”，纯正胜邪劣。

我总结的这个“理所当然怨”，也不单单存在于慈善，日常里边的一些付出，甚至打招呼这件事情都会引起这个怨憎，比如有人每天见面给你打招呼问好，突然有一天没有，你的心里总会有些不舒服，这个不舒服就属于我说的范畴，因此，若想双方都舒服，我们能够控制和左右的只有自己的内心，遇到类似的事情，心内多想：不要理所当然。

七、贫富

穷人富人天生有仇吗？两者之间有的是相遇时的不自在，是相遇而发生接洽时言语、行为上的拿捏问题，处理不当便会“仇富厌贫”，形成“贫富怨憎”，但是人们又无法做到贫富之间不碰面、不交流，不相会，故而成为社会之大弊，人心之大弊。

社会资源从实践上来看，是绝无公平分配之可能的，所以有穷人，有富人，穷人有穷的原因，富人有富的方法，有君子固穷者，也有为富不仁者，放在历史长河中，简直充斥着每一个有人的地方，穷人自尊心往往像玻璃，富人境界又容易跟不上财富的积累，冷气流碰到热气流会下雨雪，何况人碰到人呢？

身边的有钱人不少，真心佩服的只有一个人：老牟，他不是朋友里最有钱最成功的，却是最低调最懂得与不如自己的人打交道的，先说两个亲见的事例。第一个事，去酒店吃饭，去高档酒店吃饭，这几乎是商人群体的必修课，夸张的，我见过豪车、秘书、保镖一起出现，摆的谱跟周润发赌神出场差不多，对酒店人员也一脸不屑，潜台词都是：穷屌丝。老牟和他们不一样，虽然平时穿着朴素，谈的却都是上亿的项目，免不了也去这样场合，有一次我们在一起，到了酒店，迎宾鞠躬欢迎，他特别不好意思地说“谢谢”，然后又给迎宾欠身还礼，动作幅度虽然不大，却很真诚，到了饭桌上，也是极其客气、热情地对待每个服务人员，完全不像来消费的“上帝”，他说“什么上帝啊，都是凡人，相互尊重是第一”。第二个事，有一次其他企业的业务人员来访，我正好也在，那个业务一看就是刚毕业没多久，面对这样的大老板显然有些紧张，老牟事必躬亲，所以再小的合作谈判都是亲自来，那个小伙子声音发颤地讲完了自己的诉求，他认真记录，可能也确实有合作空间，于是竟然谈了起来，老牟有烟瘾，谈了半个小时后，他突然不好意思地对小伙子讲“介不介意自己抽根烟”，对方愕然，“算了，还是不抽了，别呛着你”……

这件事也让我很愕然，估计小伙子能牢记一生，其实按照一般情况，老牟完全可以在自己的企业随心所欲，跷二郎腿都可以，但他却没有那样做，而是平等地对待每个人，无论贫富如何。

我把自己“贫富怨憎”的想法告诉了老牟，老牟两眼放光，“兄弟，你这是说到要害了”，我继续挖掘，原来老牟也曾是贫富怨憎的受害者，自己有钱了，便不想让别人体会自己没钱时曾经所遭遇的痛苦。

老牟的痛苦倒不是日子苦，而是与富人碰面时的感受之苦，他生在长春，在那里待了八年，直到父亲去世，又随改嫁的母亲来到榆树，吃穿不济，他说上学时最怕升旗仪式，他的鞋是破的，别的同学一穿新衣服，自己就想找个旮旯躲起来，有一次还因为同学的嘲讽和对方打了一架；工作后，开始工资不高，去谈业务，也时常遇到以貌取人的土豪，曾经有一位嫌他骑自行车就想做那单业务而将他拒之门外，对他打击最大的是，第一个女朋友嫌他穷给有钱的老板做情人了，对方还因为他一时的纠缠找人打了他一顿……大概这些贫富之间白眼、自尊的事情经历多了，老牟在自己发迹之后，便越发低调起来，不希望自己成为他嘴里的“坏富人”，我告诉他，不是每个人都能如此，多数人是要释放自己的“得意和荣光”的，贫富之间有永远无法和谐的一道鸿沟，当然他是个有认知层次的人，能通过自己的实际行动实践自己的美好心志，值得尊敬。

虽然老牟自己的故事有些片面，但贫富之间确实存在容易引起怨憎的先天条件，我们任意说几点就可见其一斑：

比如在同学聚会时兴高采烈地说“我又买了一套房子”；

比如在与穿着普通的人见面时故意擦拭自己的皮鞋；

比如在看到穷人时不屑的一个白眼；

比如在一众"大佬"中间不知如何说话的不自在；

比如炫车钥匙以显示自己高贵时的表情……

我无法说全，也无法说清楚每一个人——或贫或富——在自己的际遇中所体会到的怨憎感受，总之，贫富无常，挣钱辛苦，只愿都能有个好境界，不要在这个无常之上再加新苦，由此，更加应该佩服老牟，他是富人，是高处，是强者，却能退而示公正之心，真有君子之风了，《易经·象辞·明夷卦》就说："明入地中，明夷；君子以莅从，用晦而明。"莅临这个词常见，本身具有上对下、尊对卑的意味，就像富人对穷人，此时，君子的做法是"用晦"，也就是放低自己，便能得到"明"的结果。

无论贫富，都希望往好处奔，其实大家是在一条人生路上，只是先富后富而已，本该相互扶持，即使有永不富裕者，亦有独立之人格，岂可以物质左右，岂能因物质论尊卑！

八、雅俗

雅俗之间，亦多怨憎！

前文我谈过审美的问题，只要涉及审美，就会有雅俗之别，何为雅、何为俗没有绝对的答案，甚至每个人的理解都不同，然而当雅俗相会之时，互相看不对眼是一定存在的情况，因着每个人都有雅俗之见，碰到也成为必然，这就是说哪怕只有两个人，碰在一起也会有雅俗认识上的争论，若谈起来，不爽、怨憎便随之而来。

这几年茶馆越来越多，这是件好事，起码说明大众对高雅的追求比以往要好了，我是个喜欢茶的人，广夫人也做茶文化，因此对茶馆关注特别多，也因此去过很多不同类型的茶馆，在茶馆这个点上，雅俗的体现特别明显，游走在茶馆里的人也极其容易通过他们的喜好而判断其雅俗程度，如有交集，便生怨憎。

先说一个到哪家茶馆都有的东西——茶桌，在不同的茶馆里你会看到不同类型的茶桌，其实茶桌就是家具，也是茶馆里的“大件”，同时也是最容易体现茶馆品味的一个物件，我所看到的茶桌类型有：老船木做的茶桌、大树根雕的茶桌、明式家具型的茶桌、清式雕龙画凤型的茶桌、一大块原木平板型的茶桌、竹制藤编类型的茶桌、大理石板的茶桌、牛槽上加玻璃做的茶桌、一块老门板平放成的茶桌、亚克力材质的茶桌，甚至还有贴瓷砖的茶桌……

有些研究的人知道，宋版书和明式家具都是各自领域的顶峰之作，茶桌属于家具，明式茶桌给人一种极度简约、自信、清朗的印象，毫不夸饰，极其内敛，我本人也钟情于明式茶桌，那样的环境容易给人平静、禅意的享受，应该属于高审美应用，其他类型相对就会多一些俗气，森哥就在这上边吃过亏。森哥是我的合作伙伴，有一次请一位“金主”喝茶，我们一起到茶社，他请金主选房间，那一间茶社有七八间不同风格的单间，转了一圈以后，金主选了一间有“树桩子”茶桌的房间，还说自己办公室也有一个，是阴沉木的（很贵），我借机拉了一把森哥，告诉他，此金主较庸俗，不要谈太雅的东西，要不等着受罪。森哥开始还不以为然，没成想从茶到茶具、到装修、到娱乐内容、到业余喜好，对方都真的是“大老粗”，对吃喝玩乐以及值钱比较关注，几乎没有审美高度。之后森哥问我判断的依据，我说“茶桌”啊，这种树桩子做茶桌曾流行了一段，以城乡结合部居多，以土豪暴发户居多，都过去这么多年了，他还喜欢这玩意，说明其审美也还在那，当然不可能懂雅的东西了！

类似的还有老船木系列，又笨重、又粗糙、又阴气森森，也是简短流行一阵儿，与树桩子差不多，人类经历了由粗到精的过程，这个规律不会错，一个简单的茶桌正是投射出来的“象”，什么内心，什么表现，雅俗自见，但当雅俗际会，各执己见，就痛苦了，森哥那次经历后，深以为然，我曾说过一句话：对牛弹琴很痛苦，牛对你弹琴则更痛苦，可以作为雅俗怨憎的最好诠释了。

在茶馆里还有一种东西最容易反映审美的雅俗，那就是挂在墙上用于装饰的“书画作品”，实际上，艺术作品也正是雅俗之别的集中体现，这一点前文已经提过，不再赘述，选择时也没有什么法门，提高自身修养是关键，人对外界事物总会有感觉，这点感觉便是审美修养的发力点。

前文中谈到“求佛”时，提过一个“老张”开的茶馆，在他那个茶馆发生了一次“雅俗碰撞”，那时老张的茶馆刚开业，我和一位艺术圈的老友去喝茶，朋友格调很高，应该说很雅，进入老张的茶馆，看到墙上挂了不少字画，朋友便摇头，我审视了一圈，有大肚子的布袋和尚，有几个字组合的“招财进宝”，有颜色鲜艳的花鸟，我知道朋友一定是瞧不上这些作品，于是问老张哪里淘来的，老张告诉我是花了五万块钱请了几个画家到茶馆里画的。朋友开口说“这些七八流的作品就不要挂了，拉低你店的档次”，话语很直接，老张倒是满脸堆笑，毕竟来的都是客，可恰巧大厅里一位客人搭了腔“我觉得挺好啊，多么喜庆，还有特点”——两个人你一言我一语的就争上了，朋友性格耿直，有些生气，我便拉他到房间里喝茶，在单间里他又说了一些气愤的埋怨话，我当然知道朋友眼光高，那些画一定很俗气，可我们也没办法几句话就让那个人的审美发生变化，两相争论，徒增怨憎，可时间把他们拉拢在了一起，人生总是充满了如许无奈。

这两件事我时常与朋友分享，告诉他们雅俗不可强争，在生活中除了不断提高自己的修养之外，还要知道观察，从细节中判断交流对象的审美层次，若无共同认识，尽量敬而远之，互不侵犯，所谓萝卜白菜各有所爱，《易经·象辞·观卦》也讲：“风行地上，观；先王以省方观民设教。”雅俗不可因外界而轻易改变，只有内在提升了，才会印证外界的认知提升，既然“天垂象”，那么，先观察再预防或许是避免雅俗相会时怨憎发生的可行之方。

因为相遇而不可避免怨憎，有怨憎而又不可避免，两者之间没有绝对的界限，总之是在相会时存在的，怨憎会的话题覆盖了我们生活的方方面面，在想写这个话题时，思忖良久，最终选择了这八个方面的表现，我也没有立竿见影的良方，我自己还时时身处这样的境地，但总归做了一些实践、一些探索，人生不易，生活更不易，在诸多不易之上，我们是否应该去努力寻求一种“少些怨憎”的相处呢？

你最大的竞争力来自你的与众不同，如果这种不同在打交道之时造成的是怨憎之情，那么，巧妙地暂时收起来，或许能获得一天的美好。

第八章　五阴炽盛

在《心经》里有一句话:“照见五蕴皆空。”五阴就是五蕴,蕴是指的一种凝结,相当于汇集一处,五蕴具体是指色蕴、受蕴、想蕴、行蕴、识蕴五种“蕴”,佛教所谓人生八苦,前边的七苦都是由这第八苦“五阴炽盛”生发而来,炽盛就是“过度”的意思,什么东西过了,都会出问题,一杯水倒满了再加水就会溢出来,溢出来就会烫手或者湿了其他东西。人这一辈子,都在和五阴炽盛做纠缠不清的搏斗,智者成事,愚者损命。

一、色

色字头上一把刀,这是先人说的,在这里色被具象为男女之色欲;其实,五蕴中的色蕴指的是一切物质,即我们能看到、听到、摸到、闻到的一切东西。大而化之,各种物质都是色相,人沉溺其中,都是悬在头上的一把刀。

男女色欲只不过是其中一点而已,如果探究“色”在人身上的体现,并伴随这样的体现而生出的种种苦痛,则几乎思来每一个点都有可能转变为“色苦”,举几个简单的例子:

（1）长肉的问题——不长肉爸妈心疼，长多了就肥胖，加之当今的审美是喜欢瘦的，全天下的人都在减肥，特别是女人，听说有个陈姓主持人一天就吃十几粒米饭！从健康和美的角度来论，匀称是比较好的状态，若是真的过于肥胖，确实会带来各种烦恼，如心脏负担加重，行动受限，不受异性欢迎，衣服不好买，工作不好找，容易抑郁，甚至被人嘲笑能遮挡手机信号……郁闷痛苦极了；在长肉的问题上，太瘦也不行，同样的健康及社会问题都会纷至沓来，可见“肉蕴”这一在“色蕴中”微乎其微的方面，就已使人懊恼不已。

（2）残疾问题——当身体受损时，人生将平添无限痛苦，行动不便者有之、工作受限者有之、婚姻破碎者有之、抑郁自杀者有之、沦落街头者有之、受人嘲讽取笑者有之……仅多了一点残疾之症，却要面对无尽难处，何其苦哉，刚子的母亲活到 50 岁的时候，去弹棉花时不小心让棉花刀割到了手腕，最终致残，一直抑郁不愿出门，我的一个高中同学有一只眼是瞎的，到现在还没有对象，如此的例子举不胜举，眼耳鼻舌身意，色声香味触法，有一点不健全，竟打开了痛苦之门。

（3）包包问题——当今流行一句话：“包”治百病，意思是说，只要给女方买包，就可以解决一切问题，我曾咨询过不少女士，为什么对包包那么热望，她们说是“依托和象征”，一个女人所有的精神满足感都可以装进一个包里，所以她们无论如何都要买高级包，我见过贷款买包的，若得不到就嫉妒、难受、辗转反侧，生怕社会上的人瞧不起——这怎么看都是一种病态，可是，人在有形世界里，色蕴左右着我们，该当如何？没了包，或许她们就真的没有存在感了。

总之，这些都是色蕴给人带来痛苦的表现，色蕴所包含的内容铺天盖地，渗透在我们日常生活的每一个角落里，无法摆脱，也不能摆脱，我们深受其苦，在苦的夹缝里挤点快乐，因此“人生下来就是来吃苦的”这句话大行其道。我很多次问“出路有吗”，在先贤给出的众多答案里，我摘出了“境由心转”这四个字，它不见得多么高深，却很适合普通人，我是实用主义者，有用才有价值。

这个境由心转我分出两个层次，第一个层次在道的层面，即境地、境界真会因心的改变而彻底转换了；第二个层次在术的层面，即当遇到如上那些情况时立即将心思转换一个地方，便很容易化解掉当时的痛苦（或错误倾向），第一个层次非一朝一日可成就，第二个却极容易做到，立竿见影，这样做的结果就是“可以操控”色蕴里的某些内容了，对这个方法最好诠释的就是“色欲”之色。

好色这件事属于人性，男女皆备，食色性也，圣贤知道这个东西无法剪除，又造了个“色而不淫”来引导大众，现在想来也确实是高论；曾经有一段时间各类娱乐场所、洗浴桑拿泛滥，里边有些东西无法直说，大概你懂得，很多“成功人士”将身心沦落在里边，老林就是其中的一位，他的这个爱好不知不觉成了圈内人的共知话题，快50的人了，乐此不疲，补药也可劲儿吃，朋友也不好意思提，有一次我们共同发起了一个项目，开会的时候看幻灯片，主讲人讲到一张海报，是某个药品的广告，有句文字是“身体被掏空”，正好中间休息时图片定格在那不动，我趁机凑过去问老林“身体空不空？”他拍拍肚子说“有时管不住，心一动欲必强啊”，看他那天气色不好，估计也有些身体信号了，“我听说特别想做一件事时，立即转换心思想另一件事并且马上去做，就可以忘掉前一件事了”，我出了“境由心转”的那招，实际上我和老林的关系是很好的，说话常常也不避讳，他笑了笑，点头示意。

大约一个半月之后，老林竟然意气风发起来，给我发信息说，“那天你那句话我试了试，挺管用，一有那个心思，就想我老妈，便开车回农村老家看她，老太太高兴极了，我也收回心来了——”

说实话，这件事挺让我意外，对“境由心转”的思考便多起来，此后又告诉不少朋友这个方法，在不同的色蕴之苦面前，竟然都能收到效果，虽然这个效果可能是暂时的效果，但也已令人振奋，老林说的“心一动欲必强”这六个字很对，色蕴里的那些往往是相对表层的欲望，若要一时化解，境由心转即可，若要长脱此苦，还需巩固心智，提升修养，摒弃杂念，《易经·象辞·剥卦》提到：“山附于地，剥；上以厚下安宅。”着力点就在于打牢根基，虽然字面意思是建房子，可引申过来，人的一生不就是像建房子一样吗？修养、境界、自律、心智就是地基！

二、受

人活着必然遭受两种“境”，要么逆境，要么顺境，这两个境还不受人意操控，逆来顺受就是指的这个，无论是顺境还是逆境，当人处其中时，便已领纳“受蕴”所带来的种种，基本也是欢乐少，痛苦多。

顺境逆境之辨，古今中外论者如梭，然而多数只是说两者的价值和对人的影响，总结起来无非是：过多的顺境不见得是好事，遭逢逆境又不见得是坏事；逆境造就成功，顺境滋生娇愚。这些描述听上去都对，可是对大众的日常生活也不见得有指导作用，现实中的人们还是多喜欢身处顺境的，逆境中往往孤苦难受、无以解脱。在我看来，顺境逆境对人的应用价值是“看到并且掌握其常态化”，即我们身处的每一秒、每一地，对自己而言要么是顺境，要么是逆境，那么如何对待之？能为自己的目标服务便是最佳方式，但在现实生活中，人们往往忽略了这种观察和应用，在不知不觉中累积，累积成顺境也好逆境也罢，人们能感知到时，已经“晚了”，这和看病一个道理，早发现早治疗，随时发现随时治疗——如此，“受蕴”相对会少些痛苦之遭逢。

小波现在很少和我们联系了，他是发小介绍的朋友，比我们小四五岁，发小刚介绍我们认识的时候，他刚刚从监狱里出来，四处碰壁，想通过朋友们找份工作，我问他为什么去坐牢，

他告诉我有半年多时间自己特别顺，干什么都成，赚了点小钱，有些膨胀了，有一天与朋友喝酒，喝多了与邻桌起了冲突，失手把对方打成植物人了，从那以后就开始不顺，出来后只能打点零工，很多单位都不要有前科的人。我看他讲得挺实在，随后便联系了几个朋友，最后介绍他去了一家食品企业，没想到第一年他就做到了销售冠军，于是有空或节假日小波就来找我，他说听我聊聊能走得更好。

我告诉他：人发生什么事情一般都是有一些预兆的，比如你在特别顺的时候，就该观察一下自己当时在顺境中的所作所为，是接着那股子顺利的劲儿去提高自己、完善自己，还是不管不顾，索性放任无忌？你在特别不顺的时候，也不能总是怨天尤人，破罐破摔，而是应该看看在逆境中的自己有哪些光明的方向，坚持这个方向只需一点点挪动，也可以走出困境，两者最可怕的状态就是蒙然不觉，任由命运的顺逆往复。如果掌握了这种自觉，很多逆境可以避免，即使不可避免也能减少苦闷，很多顺境则转化为上升的阶梯和加速

器。

小波不断进步，时间久了竟然有了“泰然自若”的气质，后来做到了一家企业的营销总监，他给我说，自那次转变以后，自己在工作生活里越发清晰，对要做的事很透彻，顺境逆境于自己而言，反而成了很多材料，我想拿这些材料做什么饭菜，自己说了算。后来小波到外地发展，我们见面就极少了，偶尔会通个电话交流下心得，我也是他逆境时候的一个“材料”，想到这里，不自觉而笑了。

顺境逆境因人心而定，如你目标在勇进，顺境亦当作逆境来对待，如你的目标在堕落，逆境也无甚苦楚，再深一层总结即是：人心定顺逆。

亮子是我在北京时的同事，其实我们也只同事过半年，他这个人人送外号“且且”，开始我还不理解，最后还是亮子自己告诉我是什么意思——姑且加苟且。

他不善言辞，也没什么特点，所以半年时间我们只说过五次话，后来他离开，据说是回家“养老”了，那年他 25 岁。在他离开之后我才渐渐清楚了他的故事，他是独子，上的名校，毕业后顺利来到我们单位，让很多人羡慕，工作内容也是给领导写文件，这种岗位很容易升职加薪走上人生巅峰，可以说相比同龄人，是再顺利不过了，据说他刚来的时候，集团某位副总还想把自己女儿介绍给他认识……尽管这样，亮子依然每天像没睡醒一样，过一天是一天，不嫌好也不嫌赖，才得了那个“且且”的外号，他离开回老家沈阳后，给老同事联系过一次，原来老家房子拆迁得了不少拆迁款，他真的是回家“养老”了，其他的事情就没再获知。

对于这么一个奇葩的人，我听着他的故事都觉得浑身懒洋洋、赖乎乎，可能还有很多人羡慕他，可能在他眼中没有什么顺逆之分，可能他还没有真正的遇到改变他的逆境，心是“且且”的，人生便成了“且且”的。

有一次闲聊，一位中医朋友说：肚子里的器官都是肉做的，所以都有“月”字旁（月在古文里也是肉的意思），但是“心”很奇怪，它没有，从某种意义上说，心这个器官可能真的保存着一辈子所有的能量，会心想事成，会哀莫大于心死、累莫大于心累。听到这些，我竟感释然，所谓涣然冰释一样的欢快，大概是确认了顺逆境的枢机要害，《易经·象辞·涣卦》言：“风行水上，涣；先王以享于帝立庙。”于个体而言，置于太庙供奉的一定是那个心思，决定着全身，一僵百僵，一活百活。

三、想

想法固执起来，九头牛都拉不回，执着于自己的想法，而不能融汇其他、接纳外界，就像在胃里放了一个八角的陀螺，一转起来就疼。五蕴里的“想蕴”可以用日常生活中我们常说的“成见”二字来解释，这个“成见”更偏重于看、听、接触东西时，我们自心认定的万物的相貌，简单点说，就是“心的执着”。执着对人生而言不是坏事，很多时候是成功的必备条件——我引用佛教的东西也不是为了鼓动大家都去做和尚，求佛道，只是拿它来说我们的道理，我更认可积极向上的人生——但过分的执着却会与外界发生碰撞，发生斗争，发生错误的自我，想蕴所指的这种执着投诸事物之上，有个著名的寓言“盲人摸象”，每一个人都摸到了大象，每一个人又把自己所摸到的大象的样子描述出来，从自身来讲是没有什么错误的，只是真实的大象却不是每一个盲人摸到的那样，大家都以偏概全了，现实生活中的人也时常会发生这样的状况。

这样的执着主要会限制一个人的认知和层次，曾经有一则，，三季人，，的故事在很多企业培训课堂上流行，故事是这样的：传说当年有个人和孔子的弟子争论，到底一年有几季，这个人说一年有三季，孔子的弟子说有四季。找到孔子理论，结果孔子说，一年有三季。事后孔子弟子问，一年明明是四季，为什么说是三季呢？孔子说：“那个人就是个蚱蜢，生于春季，死于秋季，没见过冬季，你跟这种三季人争什么，就算争到天黑也没完，反正他也活不过秋天。”

我们姑且不去讨论这则故事的实际意义如何，我们对蚱蜢人“因只经历了三季而认为世间只有三季”这件事情客观来讲，蚱蜢人没错，孔子弟子经历了四季而认为世间有四季也没错，两者之间的区别就在于“成见不同”，蚱蜢人和孔子的弟子在刚开始都各执己见，即“心内执着”，当然谁也不服谁，孔子能够认识到人的这种“想蕴”，可以破除执着，于是不把蚱蜢人的观点放在心上。

其实，这样的故事时刻都发生在每一个人的身上，人自己甚至也会把过去的自己当作蚱蜢人看，这就是成长，这就是想蕴与破除想蕴，当时当刻执着无悔，来时来刻，多认前非，表面上时间改变了一切，实际上是自己的提升改变，自己改变了自己而已。自己改变自己这件事说起来每个人都会不由自主地发生，却又浑然无知，我们不妨回顾下几年前，估计很多想法、观点都已改变，这个改变如果提早能够认识到，则是智慧，如滞后才认识到，则常成恼悔之状，多数人属于后者。邓子给我讲过最奇葩的事是关于一个制造花洒的企业（淋浴喷头，邓子前文已提过），当时邓子费了很大力气为这家企业做了完备的市场策划方案，那家花洒企业老板姓张，在同一时间正热衷于成功学的东西，到处花钱听课，邓子他们做完方案之后做了市场试点，非常成功，于是给张老板讲解展示，恰巧那时张老板对成功学所讲热衷非凡，竟然在邓子他们讲解时不以为然的睡着了，大家不欢而散。

出乎预料的是，在半年之后，张老板突然给邓子打电话说：自己终于明白那个创意了，太牛了！邓子只能苦笑一声，时机已过。

针对邓子的这件事我曾发表过见解：一、双方层次差太多，对牛弹琴而已；二、对方局限于自己的认知，不匹配；三、活该。事实证明，在邓子指导的时期，那家企业顺风顺水，在双方解除合作后，对方胡搞乱搞，股东纷纷被坑，一事无成。在这件事上，张老板这个人坚持自己的见识即是“想蕴”，他所曾经见的便是他所有的经验，在半年后，他所认知的新观点，亦是他的新成长经验，只是，市场机会恰恰在这半年中错过了，这便是“想蕴”执着的一大差池验证。我没有和这位张总见过，但是买过他的产品，在用过之后完全明白了邓子的创意，正想大量采购时，听说他又去做影视了，打听一下，都是三流开外的影视公司及影片，不禁唏嘘，一个人每每钟情于自己的认知，极少有人能敞开胸怀，破除自己的“想蕴”，那些成见正是自己的栅栏，阻碍了自己的路。就像半年之后才理解半年前的策略，无异于彩票开奖之后知道中奖号码，于事无补，徒增感叹，自证愚蠢而已。

在周易里有个萃卦，萃取的萃，主要讲“除、戒”之功，《易经·象辞·萃卦》就说：“泽上于地，萃；君子以除戎器，戒不虞。”在遇到想当然、成见这样情况时，先不要以自己的成见抵触、戒除纷争（戎器），接纳进来，戒除失误，最终便会收获进步。因此，我们“知道什么”很多时候不应该成为我们绝对的依据，虚怀如谷，不会让我们曾经的依据减少，只会使我们的依据增多，君子，在这里是聪明人，傻子才拒绝。

四、行

造作是人类永远不可消除的心理和行为，有人必然有造作，五蕴中所说的“行蕴”则是指驱使人心造作的各种业，有善有恶，包罗一切造作行为。前文中曾提到“心一动欲必强”这句话，造作便是“心动后”产生的“欲望”指导下所做出的行为。举个非常好理解的例子，突然你特别想吃炒栗子，那么就会想方设法去吃到，都会有什么方法呢？比如让家里人去给你买，比如自己去买，比如买来自己炒制，这些方法又会附加很多条件，如路远不远，会不会冒风雪，是不是炒栗子的上市时期……

你看，因为内心的一次冲动，就会产生一连串的行动，这个行动中间所经历的有顺遂、有阻碍、有欢乐，也有痛苦，喜怒哀乐七情六欲都会对人造成影响，怒伤肝、喜伤心、忧伤肺、思伤脾、恐伤肾，严重了伤性命，因此行蕴也被称为“心所”，即由心所生之意。五蕴互相渗透和合，这个行蕴可以看作填充人生的具体内容，在多年前我曾提出一个“点态人生”的理论，意思是我们的这一生是由一个一个的具体点构成，每一个点都是一个事件，处理好每一个事件便会获得完美的人生。多年过去之后，这个想法得到了进一步的完善，我将之总结为一句话：

想到就去做便是最好的人生。

这个观点是对“行蕴”的应用和改善。应用是指我们必须有一定的想法和欲望才可以在世界上生存和有所成就；改善是指这种想法和欲望是经过梳理和不杂乱的。我不是佛教徒，更加关怀人生的精彩和务实性，完全灭欲，使“五蕴皆空”不是我的追求和提倡，减少烦恼和痛苦是我的提倡，因此我找到“想到就去做”这么一个法门，将行蕴之苦转化为生活之乐。

去年年中，我被邀请到朋友陈总的公司参加他们的年中会议，并要求我做了一个智慧分享，那天我分享的主题就是“想到就去做便是最好的人生”，开始有人提出异议：那是不是太任性了？我告诉他，我们从想法到实施肯定是在一定的范围之内，比如在工作里边如何想到就去做，我给他举了一个例子，如果你莫名其妙的想给一个客户打电话，可能没有任何具体的事情，那么就打电话给对方，如实告诉他“突然想你了，打电话问候一下，没有什么事情”，这样就完成了一次“想到就去做”，我们只需做好自己这一方就可以，万物之间存在着某种神奇的联系，你突然想了，说明某种联系在发生作用，打这个问候电话用不了几毛钱，也没有损失，只会带来好处！

那天现场我问他们有没有突然想联系的人？其中一位区域经理告诉我昨天做梦梦到她的一个客户，可是已好久不联系了，我请她现场打电话给对方，告诉对方你做梦梦到他了，没有什么其他事情，于是她开着免提给对方打了个问候电话，令人意想不到的事情在众目睽睽之下发生了，对方在表示感谢后，顿了几秒突然说“我又开了一家新店，正好需要你们公司的产品，要不你带着新样品来谈谈吧”。我趁机把那通电话做了典型案例，现场五六十人也很惊讶，那件事事先没有沟通，完全是一个特例，却让大家形象地理解了“想到就去做”的好处！

想到就去做这个法门，在其他领域是怎样的呢？我建议他们，若突然想去做一件事，只要这件事是善的、积极的、不违背良心道德的，就该马上去完成（若相反，则须制止），比如突然想去给老妈买个坎肩、突然想买某一本书、突然想去花市逛逛、突然想跟某位同学联系……如果我们一生中的多数时光是被这些善良的、积极的、想到就完成的事情串联，那么该是多么美好的一生！我一直在努力践行这样一个法则，发现虽然刚开始有些困难、凌乱，甚至也会偷懒或者找其他理由不去践行，但在一个一个美好的事情发生之后，就越来越得心应手，甚至让多数时间充满了欢乐，效率竟然也提高了很多，拖延症逐渐退居二线，我也一直把这个法门推荐给身边的好朋友们，因此而获益的人很不少。

社会上你会看到很多造作的人和事，行蕴不可祛除，那么我们也就只好选择一个光明的方向，选择善总比恶要好，心一动，自需要喷发，如《易经·象辞·贲卦》所言：“山下有火，贲；君子以明庶政，无敢折狱。”文明处事，而不文过饰非，如此则所行自光明，所行自磊落，行蕴也自少苦闷。

五、心

五蕴“色受想行识”里边的识蕴在佛教典籍的解释里分为“心、意、识”三大类，这三大类共有八种“识”，即八识，但是它们往往又被统称为心，我们不是要研究佛教经典，我们是为了实用，为了更好地生活，此处我便以“心”来论之。

心是一切契机的发动者，俗话说“知人知面不知心”，心本身也是唯一可以与自己对话的存在，也正是老百姓所说的“心眼儿”之所指，心眼儿是“识蕴”的发动，一发动则对外界产生不同的作用，若善识一动，则行善良之行为与结果，若恶识一动，则行罪恶之行为与结果，当外界有事需要内心做出决断和应对时，识蕴就会发生作用。它是其他几蕴的“吐哺”枢纽，即其他为之提供材料，进到心中，杂糅转化，形成自己的识断，同时又会以此作用于外界，这就好比我们从事情中学到经验，又用经验指导做事情是一样的道理。

有个成语叫“赤子之心”，是指心地如婴儿一样纯真，婴儿之心之所以纯真是因为没有社会经历，没有习染社会里的善恶真假，成人如果能有如此的心地，唯一的一种可能就是“活出了自我”，成为相对纯粹的人，这种情况不是说他不懂人情世故，而是在非常懂之后选择了一种自己心安理得或者喜好的方式，我奶奶曾经在我用坏鸡蛋换黄瓜之后（前文提过）说了一句很哲理的话：人得有心眼儿，但不能有坏心眼儿！心是用来守的，不是拿来耍的（耍心眼）。直到我经历了几十年的世事之后，才逐渐理解了她的这些话，才理解了“赤子之心”是“守”出来的，一个成年人也可以像孩子一样纯粹，且有智慧。

我认识的程先生就是这样一个人，他比我还长四岁，在大学任教，讲授古代哲学，他在业余时间义务到各地讲课，从不收讲课费，他给我讲自己有工资不需要再收钱，出来讲课一个目的是传播自己所学的知识，另一个目的是纠正很多“国学老师”的错误，我听后暗自佩服，国学热之前程先生不出来讲课，后来全国出现了铺天盖地的国学课程，当然也涌现了很多“国学大师”，其实里边充斥了不少胡说八道之徒，包装一下自己就借着国学热的风气讲课敛钱，我身边就有一位大姐花了 32 万去听这样的课程；程先生看不惯，就做起了义务拨乱反正的事，他说，知识必须严谨，否则会害人一辈子，做这样的事就是最大的坏心眼儿！有一次他“潜伏”去一家国学培训训练营的现场，当时那位大师从老子讲到王阳明，其实没几条靠谱的讲解，程先生看不惯，现场就和对方争论起来，逐条逐句，问得对方哑口无言，最后那次课程的组织方强行把他请出了会场，据说还对他进行了人身攻击，事后他更加坚定了自己“拨乱反正”的决心，他给自己的学生讲经历的案例，说哪怕做不到君子的高要求，也不可做坏人，不害人是最低的底限；精神和知识对人心的迫害尤为严重，我们的心中要充满诚意，心诚则事成，心真则事真；他的一些学生受他的感召，也一起做起了义务传播。

我请程先生给自己题过一张字，他写的是“中孚治善”，中孚就是心中诚信的意思，《周易》里有一卦就是中孚卦，我每次见程先生，他都是公交或者骑电动车出行，包括其夫人也是，他们把自己的许多收入拿来做了抚恤社会的事情，自己不思享受，不惧威胁，真正做到了“守心”，《易经·象辞·中孚卦》是这样说的：“泽上有风，中孚；君子以议狱缓死。”虽然落脚点在“议狱”上，大而化之，却是去决断社会各类事务的一种有效原则，中孚，即是这种原则，坚守良心，以至善果，这算得上“识蕴”最好的打开方式了。

所以，我的总结，心眼儿不是往外看找漏洞、钻空子，心眼儿反而是守住自己的善良，即使在人生的路途上，会因此出现吃亏的情况，但踏实、稳妥、纯粹、愉悦会围绕自己，做人干干净净，做事真真诚诚，有了这个核心，其余色受想行等自然因之改变，你是什么颜色，世界就是什么颜色，力的作用是相互的，人心的感受更加是相互的，因此，美好世界的法门其实就在我们每个人的自心里。

六、身

小时候写字，长辈总是让坐正了才行，所谓坐得正，写的字就正。后来长大了，总担心做事时不能光明正大，常听到大家说“身正不怕影子斜”，当我们遇到不正当竞争时，哪怕像买春节回家的火车票这样简单的事情，总希望整个世界都能公正、公平。

但是，地球上的一切生物都是“逆天而生”的（克服地心引力），在努力向上的同时，总会旁出侧长，就像一棵树，要想让它长得高、成材，就必须要修剪，我想如果我是树的话，被剪枝的时候一定很疼，可是也只有疼才是成长的真实感受——人必有犯错的时候，然而也只有犯过了错误才能吸取教训，获得进步，这是最合理的人生态度，所谓“君子不刑不发”就是这个意思；吃一堑长一智也是这个意思；吃得苦中苦方为人上人也是这个意思，基本上好的东西都是从挫折和苦难中来的，天山上的雪莲和深海的蜗牛以及纯粹的人生都是如此。

大学时候张玲老师讲过一句让我到现在还视如珍宝的话：现在是你们开始犯人生错误的年龄，当有一天你自己把所有的错误都捡起来的时候，你才真正算得上一个人。最开始的时候印象没有那么深刻，只是记在了笔记本上，在参加工作后的第五个月，当我收拾东西的时候，忽然发现了它，如春雷乍起，响彻心扉，觉得这句话是那么有道理，在那五个月里，自己作为初入社会的人，在感受新鲜的同时，也一天一天犯着错误，对每一个错误的解决，都使自己成熟，既成熟了工作技能，也成熟了心智。

记起自己犯的第一个严重错误是做一本标书，当时领导派遣我去外地帮忙处理一本标书的策划工作，我们领导的意思是我作为全权负责人，可是等我到了那边以后，那边的对接人员只知道我是文字编辑辅导，因为刚毕业又不好意思问明白，于是就只做了文字上的工作，他们的设计师修图修了一天，但却没人与我说，那人太累就回家休息了，标书做好之后拿到领导手中，领导翻了一下，就生气了，原来里边的图片都是没经过处理的，很丑，领导指着我就骂“不是让你去全权负责吗？看你平时挺仔细的啊！”我一肚子委屈，那次的标书就算做得很失败了，最终也影响了使用，这件事在我心里盘桓了很久，最开始是委屈和怒气，后来才逐渐觉得，如果当时自己问清楚谁做总体统筹，谁是负责人，每个人各自负责什么可能就不会出这样的错误了，毕竟把事情漂亮地完成才是排在第一位的，自从那件事之后，我便养成了几大优点：

（1）每件事先确定好责权利归属，而不再模糊其事就做；（2）能够积极主动地多做，尽量以事情为主导，而不是一些情绪；(3)足够仔细认真，一一根据事先规划复盘核对。如此做下来，竟然没有再出现那样的错误，而且效率和质量都提高了很多，当年还获得了一个公司的优秀奖项。

从自己的这个例子来看，那次的错误是很有价值的，也多亏了自己后来想法的转变，如果一直纠结于气氛和委屈，恐怕就很难有那么快的进步了，《易经·象辞·丰卦》说："雷电皆至，丰；君子以折狱致刑。"直译就是君子公正执法的意思，人在成长中是以不断试错的方式前进的，在犯错的时候，公正客观来处理错误是最合理的，自己有错就该公正面对，别人有错需要自己去评判处理时，也需要公正，心正、身正、事正三位一体，自然不会把路走偏，而只会越走越宽、越走越扎实。

如果你回头看看，会发现在一件事里可以看到、学到的东西很多，特别是所犯的错误里边，面对一件事，都是经历从内而外落地实践的过程，这个过程便是历练，便是五蕴和合，便是动心忍性，便是塑造自己，如同坐正了写字一样的道理。

七、意

相机而动不如主动，送花送在前，总须有第一个伸出手的人才会有握手合作。这样的场景你一定碰到过，甚至自己经历过，聪明的人都是主动的人，世俗点说“只有争来的江山，没有等来的天下”，在为人处世中，主动是一件很容易成就自己和事业的做法，试举几例：

第一个例子：有一次明哥约了我聊天，他是认识很多年的朋友，为人实在、大气，自己开了个律师事务所，那次是因为彼此很久不见，我想着他喜欢喝台湾茶，就特地准备了一些放在办公室里等他，明哥如约而至，两个老友寒暄几句便坐下来喝茶叙旧，我泡了一壶，说是特地为他准备的，他早已看到是“大禹岭”，立即品了一口，赞不绝口，我指了指办公室角落，“那边是特地给明哥准备的，三斤”，明哥一下笑起来，“今天是给你送礼物的，没想到你先给我送上了”，说完在包里拿出一个小盒子，递给我，我打开一看是一串小叶紫檀的佛珠，明哥说“快到你生日了”，我立即想起当月是我生日，两人哈哈大笑。

这是日常里很小的一个例子，但是从礼物的先后来看，你去琢磨一下，我和明哥谁先谁后是有不小区别的，送花送在前就是说的这个情况，有好的东西一定要先拿出来，这样会造成“得占先机”的心理优势，我和明哥这次还不是太明显，如果你有事求人，则更须坚持这个原则，所谓“抬手不打笑脸人”，起码气氛上会好很多——势利一点讲，这就是“心眼儿”的一个表现，对我和明哥而言都是真诚准备，即前文说的“中孚”，功利性极小，然而社会上的多数情况是带有极大功利性的，因此，我告诫过不少朋友，如果你决定有礼物送人，一定要先送(哪怕是先说)，再谈话聊天谈合作，则美好异常。当然，我还是希望每个人都真诚而为。

第二个例子：给员工涨工资的时机——曾总是一家装饰公司的老板，创业有七八年了，他们公司有个有趣的现象，员工只进不出，我去他那参观的时候，在他的办公室有一个大本子，“在职员工成长手册”，每个员工占一页，我随手翻了一下，前边的几页证明那些员工在他最开始创业的时候就来了，曾总告诉我自公司创办以来，只有一位员工辞职了，原因还是出国深造，我问他原因，他告诉我：提早给员工涨工资！

曾总的企业有着非常完备的晋级制度，做到什么样拿多少钱工资或者升职，老板和员工都一清二楚，人资部门有专人做这项工作，他总是第一时间看到某位员工达标了，就立刻给他涨工资或升职，员工在他那里干劲十足，因为有多少付出就有多少收获在曾总那是第一价值观。他告诉我，企业相对员工是

强势的，越强势的越应该主动，这样员工与企业合作才会充满希望。

第三个例子：在夫妻、朋友、同事、同学，等等关系中，一定会出现冲突，吵架闹矛盾在所难免，而矛盾发生后，一

般情况下双方都会僵持一段时间，此时，谁先主动道歉，说明谁的智慧高，主动道歉无非是想缓和关系，重归于好，首先放低姿态的那个人更加重视彼此的关系，更加明白矛盾必然无法与感情比的道理，因此也越有智慧，前边说的给我送生日礼物的明哥就是“道歉达人”，他媳妇也是我的朋友，每每提起两个人的吵架经历，总让她觉得明哥是最没底线的人，几乎是转头就道歉，还很真诚，她便破怒为笑，我说，这是两个人的福气。

这些个例子在生活中很常见，我需要强调的是那个“主动”的人只做对了一半，还有一半需要注意，在主动之后不要“居功显摆”，《易经·象辞·夬卦》里有相应的阐述：“泽上于天，夬；君子以施禄及下，居德则忌。”放在生活中就是君子应该主动为别人（特别是不如自己的人）服务，提供帮助，但是不要把这种做法和行为作为德行标榜，那样会遭到忌讳。

对普通人而言，只要真诚且主动，就可以达到这里说的“君子”的标准了。

主动，本质上说起来，是内心的抉择，心有所择必然以行动配合，当发自内心的选择是真诚时，便不是我前文说的“心眼儿”了，而是成为身心一致的表达了，而这种身心一致的表达常常让自己处于被尊重、善待的位置。

八、言

古代经典典籍里讲了很多大智慧，我特别喜欢两句话，这两句话对人最实用，第一句话是《道德经》里的“强梁者不得其死”；第二句是《大学》里的“言悖而出者亦悖而入”。之所以喜欢这两句，除了实用价值以外，还有这两句一句侧重于处事原则，一句侧重于说话原则，合在一起几乎囊括了做人的内容，人也容易在这两个方面有失，阻碍进步。

“强梁者不得其死”的意思是暴徒之行不得好死，所谓暴徒不一定非是打家劫舍的类型，那些争强好胜、欺行霸市、横行乡里的都属于这个类型，君子是要谦虚温良的，一旦强暴无度，就会招致灾祸，新闻上时常曝光的一些冲突多数是因为这个原因，伤已害人。

在我们邻村有一个比我小四五岁的小伙子，是远房的亲戚，有一次回家邻居大姑突然给我说起他，说他前不久杀人坐牢了，我说他不是挺老实吗？“是啊，他是挺老实，可是别人强梁，把他欺负急眼了，被杀的那个孩子是香王的”，香王是附近大家赶集的村庄，那个村的人因为集市在家门口的原因，就蛮横起来，常欺负摆摊卖货的。大姑随即告诉了我事情的经过——

邻村的小伙子恰巧与香王的一群小伙子在一个酒店吃饭，属于邻桌，他吃饭的时候多看了对方一眼，香王的那个人就以为是挑衅，于是仗着人多和平时的骄横，把他给打了一顿，打完之后不解气，又追着他打，追出去好几里路才罢手，被打的小伙子最后悄悄回家拿了把菜刀，返回去就把香王的小伙子杀了，据说一点都没含糊，后来他躲到一个草垛里待了一晚上，被杀孩子的家族在村里蛮横惯了，孩子的爷爷是唯一明白的人，说人都没了，再要了他的命也于事无补，要不是欺负人家惯了也得不了这样的结果。

这是离我最近的一个案例，两败俱伤，应了“强梁者不得其死”的话，于结果而言却又过于惨烈，早知如此，谁也不愿如此，抛开这些极端的，一些常见的蛮横行为也会影响个人和他人的生活质量，君子不为。

说到这，忽然想起“强梁者”的报应来，1995 年夏天，“老狗来来”被毒死不久，爷爷的鱼塘被“红眼病人”撒了毒药，于是一夜之间，整个鱼塘漂浮着死鱼，爷爷痛心地回避，我和父亲及二叔、三叔，拉渔网捞了满满一车去县城卖。我记得特别清楚，当时活鱼是 3 元钱一斤，我们准备 1 元钱一斤，刚到鱼市，就被几个“行霸子”给围了，不让我们卖、也不让走，否则就“没收”，我们在那等了足足四五个小时，说什么都不行，派出所的人来了也不管事，直到下午两三点了，二叔通过打听“好心人”，找到了“行霸子”的父亲来说情，结果足足一千斤鱼才给了 500 元了事。那个时候，我的内心特别的悲恨，二叔三叔的表情特别无奈。一直到 2002

年我结识了涛哥（镇长的儿子），想去质问当年那些人，才得知当年的“行霸子”徐某早在1998年就被人刺死了，兄弟五个都没有“死得其所”，这让我一下子想起《道德经》里的那句话！

语言是无形的武器，甚至可以伤人很深，“言悖而出者亦悖而入”，就是说的这个道理，用白话解释就是你给别人说难听的话，那么得到的回馈也必然是难听的话，这样的例子在生活中比比皆是，因此有些话是坚决不能说的，祸从口出就是这个情况，话如果说不好，一会得罪人招致他人恶语相对；二会造成一些灾祸。张老退休后回山东养老，他曾给我说过一个例子，一群退休干部在一起聚会搞活动，其中一位被介绍给另一位认识，出于客气，一位掏出烟给对方，一般这种情况，如果吸烟则可以接过来，若不吸烟，可以示意自己不吸烟，客气点可以说声谢谢，可是出乎所有人预料的是，对方伸出大手一推，说“我没有这种恶习”，场面一时僵死，两人从那以后再也没说过话，这件事虽然小，却令人深思。与之相反的例子，我的朋友于总是一家个人公司的老板，有位大师告诉他，要想把生意做好，只需见人说好话，他记住这条建议，果然左右逢源，把周边的人都变成了自己的贵人，生意越来越好。

关于说话，我吃过两次大亏，也吸取了教训。一次是2012年刚搬家时，必须路过花乡桥二手车交易市场，面对成群结队的“车虫”追着叫“卖吧、卖吧”，刚开始几次，挥挥手、摇摇头、鸣鸣笛就过去了，有一天特别心烦，骂了他们一句，结果三四个人上来截住了车，一边拍打着玻璃，一边破口大骂，当时我特别愤怒，父母劝告“咱好好的日子，犯不上惹他们”，于是，息事宁人，打电话报警吓唬走了他们了事。还有一次，是和家人在厦门度假，同样面对成群结队的“销售”追着叫“买吧、买吧”，同样也是特别心烦，回了一句“你们烦不烦啊”，结果好几个人上来拦住了我，破口大骂，吓得孩子们哇哇大哭，我一时愤怒难当，父母劝告“咱上有老下有小的，犯不上惹他们”，于是，忍气吞声，抱紧孩子装作听不见了事。两次亏之后，学会了说话的态度，明白了君子常过，小人无错的道理。

说话这件事虽然简单，实际是反应一个人的内心状态，若内心柔和，则言语自温柔，若内心苛刻，则言语刻薄。面对洒了一半的糖，有人会说“真可惜，浪费这么多”，有人会说“还好，还有一半呢”，话说得都很轻巧，反映的内心却是天壤之别。每当身处人群，总会看到、听到上边所说的这两类人，面对“强梁者”的蛮横，面对“恶语者”的无理，我感到内心惶惶，我惶惶于嘈嘈人心。

《易经·象辞·噬嗑卦》说：“雷电，噬嗑；先王以明罚敕法。”之所以会有这个卦，是君子看到嘈嘈人心的不可教化，是恶言与强暴的不能消弭，于是“法制”成为最后的手段，明罚敕法成为人们最后的一道红线，人在线后有的张望，有的远离，有的试图跳过，所有表现的背后跳动着各自的人心。

对色受想行识五蕴的论述，是本书的最后一章，也是对前边诸章节的总结概括，我借佛教的五蕴装下了人心所生发的种种，人有心眼儿，不是坏事，但要有好心眼儿，最后能守住善良的本分之心是最高准则，这一章的后边三节，侧重了主动、公正、底线，这也是能够运用心眼儿为人处世的方法，如此，我们在这个世界上，把唯一一次做人的机会，便可以光明正大、无愧安稳地完成，或许如此，美好自现。

后记

想写这本书已经是好几年前的事情，中间构思、杂稿写了不少，或许是机缘不足，一直没有落实下来，终于在我回到山东之后，离家近了，心更澄澈了，便用心将它完成下来。

这些年，一直关注“精神的力量”这个话题，很多疾病因为精神而治愈，很多事业因为精神而峰回路转，很多人因为精神而精力充沛，我想，这或许是我们可以广泛推广的好东西，在不断思考中，我发现只有中国人讲的“心”是精神的真正来源，一直以来我也以为是大脑，可是在得知西方科学家研究结论称“心能分泌某种特殊物质”时，我隐隐觉得，答案可能就在老祖宗留下的传统文化中，更有研究表明，人在愉悦时，心脏能分泌出治疗癌症的激素　心，一直是最神秘的器官，我国有关于换心的神话传说，有良心、野心、爱心、忠心、耐心、私心、恒心、祸心、诚心、戒心、恶心、孝心、愁心等等无数个关于心的描述，我又想起了奶奶说的“心眼儿”，于是盘点了自己和身边朋友的故事，竟然都能够归结到这些“心”上来，我又想找些理论根据，发现中国人最高地做人标准是“君子”，君子具有最好的心智，在所有的传统经典中，《易经》是发源处，相当于中华文化的心脏，我便把《易经 · 象辞》找来，把每一个讲到的点与之一一对应找匹配，竟然能够形成有机的一个体系，大概是机缘到了，便最终形成了这样一本书。

在确定书名的时候，也曾变化过几次，可是每当合上书稿或者合上眼，总会觉得最闪亮的那个词是“心眼”，自从“君子”赋予了道德的含义，“君子”便有了德行，“德”字有“心”有“眼”（目），大概这也是心的召唤，于是确定了书名，人人都有的心眼儿，便是我说的心眼儿，我说的心眼儿，又不同于人人都有的心眼儿，我希望用它改变一点点什么，是在人生道路上，更光明的一个选择机会，在每一个犹疑的节点，在每一个人生抉择的拐点，在每一个善与恶的纠结点，此心只选良心。